전능의 팔찌

THE OMNIPOTENT
BRACELET

김현석 현대 판타지 소설
FUSION FANTASTIC STORY

전능의 팔찌 51

김현석 현대 판타지 소설

초판 1쇄 찍은 날 § 2015년 8월 14일
초판 1쇄 펴낸 날 § 2015년 8월 21일

지은이 § 김현석
펴낸이 § 서경석

편집책임 § 한준만

펴낸곳 § 도서출판 청어람
등록번호 § 제387-1999-000006호
등록일자 § 1999. 5. 31
어람번호 § 제1-2201호

주소 § 경기도 부천시 원미구 부일로 483번길 40 서경B/D 3F (우) 420-822
전화 § 032-656-4452 팩스 § 032-656-4453
http://www.chungeoram.com
E-mail § E-mail § chungeorambook@daum.net

ISBN 979-11-04-90366-3 04810
ISBN 978-89-251-2596-1 (세트)

전능의 팔찌

THE OMNIPOTENT BRACELET

(51)

FUSION FANTASTIC STORY

김현석 현대 판타지 소설

청람

CONTENTS

CHAPTER 01
유언비어 만들가

전능의팔찌

THE OMNIPOTENT
BRACELET

흑마법사들의 제국만이 존재하는 마인트 대륙 북단에 위치한 항구도시 헤르마는 자유영지이다.

중앙의 입김이 닿지 않는다 하여 모든 것이 자유는 아니다. 이곳 또한 로렌카 제국의 법을 따르도록 흑마법사들이 파견되어 있기 때문이다.

어쨌거나 헤르마에는 여러 선술집이 있는데 그중 뿔난 양의 엉덩이라는 괴상한 이름을 가진 곳의 음식이 가장 맛있다. 그렇기에 가게 안은 늘 북적이는데 오늘도 그러하다.

뿔난 양의 엉덩이에 손님이 많이 꼬이는 이유는 술과 음식이 맛있어서이다. 그리고 파티마 이브라힘 때문이다.

파티마는 지구로 치면 인도의 여배우 디피카 파두콘 정도 되는 미모와 몸매의 절세미녀이다.

그래서 파티마를 어찌해 보려는 욕심을 가진 사내들이 득실거리는 곳이 바로 뿔난 양의 엉덩이다.

이곳의 모든 음식은 파티마의 부친이 만들지만 영업은 전적으로 그녀의 영역이다. 따라서 파티마는 글을 읽고, 쓸 줄 안다.

장부 정리 및 세금 계산을 하여야 하니 당연한 일이다.

이 정도면 마인트 대륙에선 엘리트에 속한다. 거의 대부분 글을 읽는 것도 쓰는 것도 하지 못한다.

우민화 정책이 시행되는 중인 때문이다. 하여 극히 일부를 제외하면 거의 모두 교육을 받지 못한다. 촌무지렁이들은 다루기 쉽고, 부리기도 쉽기 때문이다.

어쨌거나 뿔난 양의 엉덩이엔 많은 손님이 앉아 있고, 그중 로브를 걸친 사내들이 앉은 테이블이 있다.

모두 셋인데 그중 하나가 입을 연다.

"이봐, 세반! 자네 그 소문 들었나?"

"소문? 무슨 소문?"

"폐하께서 4서클 이상에 대한 소집령을 내리셨다네."

듣고 있던 둘은 깜짝 놀란 표정을 짓는다.

"4서클 이상 전부를? 칼리드! 그게 정말인가?"

"그러게. 숫자가 어마어마할 텐데? 근데 왜?"

둘의 즉각적인 대꾸에 처음 말을 꺼냈던 칼리드는 다소 냉소적인 표정으로 대꾸한다.

"그거야 잘 모르지."

"말을 꺼내놓고 모른다고 하면 어떻게 해?"

"나도 자세한 건 몰라. 그냥 4서클 이상인 자는 전원 수도로 즉시 집결하라는 칙령을 내리셨다는 것만 들었어."

"누구한테 들은 건데?"

"혹시 라쉬드 님에게서 들은 거야?"

라쉬드는 헤르마의 포탈 마법진을 관리하는 총책임자이다. 6서클 마스터이며, 휘하에 우마르와 샤림 등 6명의 마법사와 200명의 병사를 거느리고 있다.

"아니! 라쉬드 님이 아니라 중앙에서 파견 나온 헤마… 뭐라고 하는 사람이 그랬는데. 아! 이상하다. 왜 그 사람 이름이 기억나지 않지?"

"헤마, 뭐라고?"

"그래! 헤마 뭔데 생각이 안 나. 근데 키가… 컸나? 아니, 작았나? 얼굴은 어땠지? 길었나? 둥글었나? 허! 이상하네. 왜 생각이 안 나지?"

"뭐야? 아무것도 기억나지 않는 거야?"

맨 처음 말을 꺼냈던 자가 고개를 갸웃거린다.

오늘 오전에 만나 한참 동안 이야기를 나눴던 사람의 이름과 얼굴이 전혀 기억나지 않는 때문이다.

"너 어제 과음했지."

"어제? 그래, 어젠 조금 많이 마시긴 했지."

"으이그, 술 때문에 그렇군! 칼리드, 자넨 이제 술 끊어! 그나저나 그 사람이 뭐라고 그랬어? 4서클 이상인데 수도로 안 가면 뭐 어떻게 된다든지 하는 거 말이야."

"아! 그거? 황제 폐하께서 누구든 명을 어기면 항명죄로 다스린다고 들었네."

"뭐어……? 항명죄면 참수형이 아닌가?"

로렌카 제국에서 황제의 위상은 신과 맞먹는다. 그렇기에 황명을 듣지 않는 건 신의 뜻을 저버리는 것과 동일시하여 참수형에 처한 후 저잣거리 한복판에 효수[1]를 한다.

"그래! 목 잘리기 싫으면 수도로 집결하라는 거야."

"가, 가야 하는 거지?"

"그야 죽기 싫으면 그래야지. 감히 황명을 어길 건가?"

"끄응! 얼마 전부터 새로 눈독 들여 놓은 계집이 있는데, 제기랄……!"

사내 중 하나가 침음을 내자 다른 하나가 끼어든다.

---

1) 효수(梟首) : 죄인의 목을 베어 높은 곳에 매달아 놓음.

"눈독 들인 계집? 설마 파티마 이브라힘은 아니겠지?"

파티마의 이름이 나오자 사내의 눈빛이 확 달라진다.

"파티마는 왜? 그러면 안 되는 건가?"

아무래도 파티마를 자빠뜨린 뒤 어떻게 해보려고 이곳에서 만나자고 했던 모양이다.

"이 친구야, 파티마는 이미 임자 있어. 몇 년 전에 내기에서 져서 하인스라는 놈에게 입술을 빼앗겼거든."

"하인스? 그게 누군가?"

칼리드는 관심 있다는 듯 세반에게 시선을 고정시킨다.

"모르네. 소문에 의하면 룩서의 고수인 외출자였다고 하는데 밝혀진 것은 없네."

"외출자? 끄응……! 상대가 만만치 않네."

일반인이라면 마법사인 본인이 무조건 한 수 위이다. 마법사의 제국이기 때문이다. 그런데 상대가 외출자라면 조금 껄끄럽다. 최소 5서클 이상인 마법사일 것이기 때문이다.

파티마를 노린 놈은 5서클 유저이다.

외출자가 같은 5서클이라면 한번 해볼 만하다.

상대가 마스터 수준에 올랐다 하더라도 본인의 풍부한 경험이 뒷받침해 줄 것이기 때문이다.

그래도 덤빌 수는 없다. 외출자를 건드리는 건 제국의 권위에 도전하는 것으로 여기기 때문이다.

"이 사람아! 이미 임자가 있다고 해도 그러네."

"아! 임자 있는 게 뭐 대수야? 자빠뜨리고 올라타 버리면 그만이지. 안 그런가?"

칼리드는 외출자 본인이 아닌 외출자의 여인을 건드리는 건 큰 문제 되지 않는다 생각하는 것이다.

"허! 이 친구 정말 경을 칠 소리만 골라서 하네. 상대는 외출자라고! 황실에서 파견한 외출자! 외출자 건드리면 어떻게 되는지 몰라?"

"공무수행 중인 외출자를 건드리는 게 아니잖아. 그리고 내가 건드리는 게 외출자야? 파티마지."

칼리드는 나름대로 논리적인 대답이라는 듯 우쭐해하는 표정을 지어 보인다. 이에 세반은 어이없다는 표정이다.

"이 친구야! 파티마를 건드리면 자동적으로 하인스라는 외출자와 한판 붙게 될 거라는 거 몰라?"

"그건 공무가 아니잖아. 따라서 공무를 수행 중인 외출자를 직접 건드리는 건 아니지. 안 그래?"

파티마의 미모와 몸매에 환장한 칼리드는 어떻게든 파티마를 정복하고야 말겠다는 표정이다.

이때이다. 앞치마를 두른 파티마가 다가왔다.

"이봐요, 손님들! 주점에 오셨는데 주문은 안 하고 계속 노닥거리기만 할 겁니까? 꼬추 떨어진 계집도 아니면서."

"어떤 씨댕이가… 아! 파티마였군."

욕을 하며 돌아보던 칼리드의 어투가 확연히 달라진다.

"여기 왔으면 당연히 주문을 해야지. 파티마가 안 와서 못하고 있었던 거야. 그나저나 뭐가 좋을까? 이 집에서 제일 비싸고 맛있는 게 뭐지?"

"제일 비싼 거 3인분 드려요?"

"그래! 술도 좋은 걸로 주고."

제일 비싼 게 뭔지 알지도 못하면서 주문하는 칼리드이다.

"술은 얼마나 드려요?"

"사나이들이니 당연히 1인당 한 병씩은 줘야지."

칼리드는 파티마에게서 시선을 떼지 못하고 있다. 혼이라도 빨려 나갈 듯한 느낌인 때문이다.

"술도 제일 비싼 걸로 드려요?"

"당연하지! 날 봐, 내가 싸구려나 먹게 생겼어? 그치?"

칼리드는 세반에게 시선을 준다. 동조해 달라는 의미이다.

"그럼! 우리 칼리드는 제일 비싼 거 아니면 거들떠도 안 봐. 그러니 이 집에서 제일 비싼 술 세 병! 알았지?"

"알았어요! 제일 비싼 음식 3인분, 그리고 제일 비싼 술 세 병이요. 12골드 60실버네요."

파티마의 말이 끝남과 동시에 셋의 몸이 움찔거린다. 깜짝 놀랐다는 뜻이다.

"어, 얼마……? 얼마라고?"

"12골드 60실버요. 식사는 1인당 2골드 80실버고, 술은 한 병에 1골드 40실버예요."

파티마는 이들 셋의 속내가 어떤지 뻔히 짐작한다. 이런 손님을 한두 번 상대한 것이 아니기 때문이다.

이런 경우 손님들의 반응은 둘로 나뉜다.

그냥 그대로 내오라며 호기를 부리거나 깨갱하고 싼 음식과 술로 주문을 바꾸는 것이다.

뿔난 양의 엉덩이 입장에선 전자가 낫다. 그렇기에 상대가 반응을 보이기 전에 얼른 말을 이었다.

"돈 몇 푼에 찌질하게 구는 사내들이 있는데 손님들은 아니신 거 같아요. 제 눈이 옳은 거죠?"

"응? 그, 그럼! 당연하지! 파티마, 방금 주문한 거 그거 내와. 돈은 여기……."

칼리드는 허리춤의 전대에서 금화를 꺼내 탁자에 올려놓으며 하나하나 헤아린다. 1골드는 한국 돈으로 100만 원의 가치를 가졌다. 하나를 더 주면 100만 원을 더 내는 셈이다.

"하나, 둘, 셋… 열하나, 열둘… 에이, 인심 썼다. 열셋! 파티마, 남는 건 팁!"

"호호! 감사드려요. 조금만 기다리세요. 음식과 술은 금방 나온답니다. 호호호!"

얼른 금화를 챙긴 파티마는 자신의 손목을 잡으려는 칼리드의 손길을 재빨리 피하곤 쪼르르 주방으로 향한다.

걸을 때마다 씰룩이는 둔부를 바라보는 칼리드의 눈에는 욕정의 빛이 가득하다. 아무도 없는 곳이라면 당장에라도 덮칠 표정과 눈빛이다.

"쩝……!"

파티마가 주방 안으로 쑥 들어가자 칼리드는 입맛을 다신다. 이때 세반이 중얼거린다.

"한 끼 식사에 2골드 80실버? 그리고 술 한 병에 1골드 40실버라고? 엄청 비싸군. 제기랄, 음식과 술을 금으로 만드나? 뭐이리 비싸? 그나저나 칼리드 오늘 과용하네."

"파티마 저것을 내 것으로 만드는데 이 정도 돈은 들여야지. 그래야 한입에 쏙싹할 때 더 기분 좋지 않겠어?"

"그거야 그렇지, 아무튼 오늘 자네 덕에 우리 입이 호강하네. 세상에! 2골드 80실버짜리 음식과 1골드 40실버짜리 술이라니. 정말 기대되네."

세반은 정말로 기대된다는 표정이다. 이때 주방 안의 파티마는 주방장을 맡고 있는 아빠에게 주문을 넣는다.

"아빠! 골빈 애들 셋 왔어요. 그러니 골빈탕 셋 해주시구요. 쉰 술 세 병이요."

"러비쉬 셋에 콜키 세 병? 휘우! 내일 아침에 고생할 놈 셋이 확보된 거네."

파티마의 아빠는 고개를 설레설레 흔든다.

뿔난 양의 엉덩이 선술집엔 원래 러비쉬란 메뉴가 없었다.

파티마가 자신을 어떻게 해보려는 사내들에게 먹이려고 직접 레시피를 만든 요리이다.

주방에서 사용하고 남은 자투리 식재료들을 모조리 쓸어 넣고 적당히 간을 본 다음 펄펄 끓인 후 적당한 데코레이션을 해서 내놓는 것이 러비쉬이다.

파티마는 이걸 골빈탕이라고도 부른다. 참고로, 러비쉬란 쓰레기라는 뜻이다.

원래는 버려야 할 식재료이니 쓰레기가 될 것이었는데 아주 비싼 탕이 되어 나가는 것이다.

콜키는 쉰 술로 만드는 것이다.

와인은 보관을 잘못하면 쉰다. 이를 부쇼네[2]라고 한다.

콜키는 버려야 할 부쇼네와 가장 싸구려 술을 적절히 배합하여 만든 것이다.

파티마의 표현에 의하면 부쇼네와 최하급 술이 황금비율로 섞이면 말로 형용하기 힘든 묘한 맛과 향이 난다.

이곳 소믈리에[3]도 가끔 주향이 상당히 독특하며, 깊이가 느껴진다는 평가를 할 정도이다.

─────────────

2) 부쇼네(Bouchonne) : 프랑스어로 '마개 냄새가 나는 포도주'이며, 와인 용어로 '불량 코르크로 인해 변질된 와인을 일컫는 용어'. 영어로는 콜키(Corky)라고 한다.

파티마는 이걸 쉰 술이라고 한다.

어쨌거나 골빈탕의 원가는 30쿠퍼, 쉰 술은 10쿠퍼에 불과하다. 둘을 합치면 40쿠퍼에 불과하니 이를 4골드 20실버를 받는다면 1,050배나 바가지를 씌우는 셈이다.

"감히 나를 어쩌려는 놈들은 어떻게 그냥 둬요? 암튼 골빈탕 셋에 쉰 술 셋이에요. 너무 쓰레기 냄새 나면 안 되니까 향신료 적절히 넣는 것 잊지 마세요."

"알았다, 알았어."

주방을 나온 파티마는 다시 홀로 들어섰다. 새로 온 손님이 있으면 주문을 받아야 하는 때문이다.

그런 파티마의 눈에 낯선 사내가 뜨인다. 쪼르르 다가가며 보니 낯이 익은 것 같으면서도 설다.

"이봐요. 손님! 헤르마에 처음 왔어요?"

"네? 아뇨, 처음은 아닙니다."

현수가 부인했지만 이런 손님을 응대하는데 이골이 난 파티마는 아니라는 걸 안다는 듯 대꾸한다.

"에이, 아니긴요. 내가 처음 보는데. 뭐 주문할 거예요?"

"뭐가 있죠?"

"으음! 그냥 내가 가져다주는 걸로 배를 채워요."

"네? 그게 무슨……?"

---

3) 소믈리에(Sommelier) : 원래 수도원에서 식기, 빵, 와인을 담당하는 수도승을 일컫는 프랑스어였으나 지금은 고급 레스토랑에서 와인만 전문으로 취급하는 웨이터를 가리키는 프랑스어. 영어로는 'Wine captain' 또는 'Wine waiter' 라고 불린다.

"말해봤자 뭔지 모를 테니 그냥 주는 걸 먹으라고요."

여전히 불친절한 선술집이다. 하지만 어쩌겠는가! 현수는 처음 온 사람처럼 고개만 끄덕였다.

"음식값은 4실버 30쿠퍼예요."

주머니에서 돈을 꺼내 값을 치르는데 왠지 데자뷰를 보는 듯한 느낌이다. 그러고 보니 이곳에 처음 왔을 때에도 파티마는 자신이 주는 걸 먹으라 했다.

그때 5실버를 냈더니 팁을 제 마음대로 챙겼다. 오늘도 그런가 싶다.

"5실버네. 잔돈은 내가 가져도 되죠? 그럼 기다려요."

"헐⋯⋯!"

그때 했던 말과 거의 똑같다.

"근데 우리 어디서 보지 않았어요?"

"네? 난 오늘 이곳이 처음인데⋯⋯."

현수는 짐짓 왜 그러느냐는 표정을 지어 보였다.

"호오, 이상하네. 왠지 낯이 익은데⋯⋯. 아무튼 기다려요, 곧 갖다 줄 테니까요."

파티마는 연신 고개를 갸웃거리며 주방으로 향한다.

이때 현수는 한 칸 건너에 있는 칼리드 일행에게 시선을 주고 있었다.

"그러니까 맥마흔으로 정해진 기일 내에 당도하지 않으면 항명죄로 처벌한다는 거지?"

"그래! 그러니까 돈 아껴서 써. 포탈 사용료 올랐다더라."

"또 올랐어? 으이씨, 어떻게 맨날 올리지? 가끔은 내리거나 공짜로 쓰게 해야 하는 거 아냐?"

"그러게, 황제께서 부르신 건데. 쩝! 할 수 없지. 그나저나 세반, 아까 자네에게 황명을 일러준 사람이 누구라고?"

칼리드의 말에 세반은 이맛살을 찌푸린다.

그렇지 않아도 누군지 생각해 내려 애쓰고 있지만 좀처럼 떠오르지 않는 때문이다. 그러다 혹시라도 얼굴을 보면 알 수 있을까 싶어 그러는지 여기저기를 둘러본다.

현수와 시선이 마주치기도 했지만 이내 다른 곳을 바라본다. 자신의 기억에 없는 얼굴인 때문이다.

오늘 수도에서 온 전령이라고 신분을 속이고 4서클 마법사들 전부 집결하라는 칙령을 전한 사람은 현수이다.

이미지 컨퓨징 마법을 써서 얼굴을 봐도 좀처럼 생각나지 않게 하고 만났다.

그리고 그때의 얼굴과 지금 얼굴은 다르다.

이곳을 처음 방문했을 때의 모습이다. 자신을 기억할 사람이 없을 것이라 생각한 때문이다.

파티마는 메모리 일리머네이션 마법으로 기억이 지워진 상태라 이곳을 처음 방문했을 때의 모습으로 와도 상관없는 것이다.

"이 친구야? 상대가 정말 중앙에서 내려온 전령 맞아?"

세반의 물음에 칼리드는 고개를 끄덕인다.

"그래! 분명 그렇게 들었어."

"혹시 사기당한 거 아냐? 전령이라면 이곳 총책임자이신 라쉬드 님에게 말을 전해야 하는 거잖아."

세반은 혹시라도 장난이 아닌가 싶은 표정이다.

"그래! 그렇긴 해. 근데 전할 데가 너무 많아서 라쉬드 님이 올 때까지 기다릴 수 없다면서 그 말만 하고 갔네."

"그게 이상하잖아. 이곳 헤르마는 자유영지이고, 4서클 이상 마법사는 모조리 라쉬드 님 휘하에 있잖아. 따라서 라쉬드 님에게 명령문을 전달하는 게 맞는 것 같은데."

"그렇긴 한데, 하여간 그렇게 말하고 갔어."

"에이, 그럼 그거 사기일 확률이 높아. 순진한 자네가 사기를 당한 거라고."

세반의 말에 칼리드는 무슨 소리냐는 표정이다.

"5서클 마법사인 내가 순진하다고?"

"순진한 거 맞네! 자넨 상대가 누군지 제대로 확인도 안 했어, 근데 그가 한 말은 그대로 믿고 있잖나."

"……!"

순간적으로 논리에서 밀린 칼리드는 잠시 말을 끊었다. 하지만 그 시간은 길지 않았다.

"좋아! 내가 사기를 당한 거라고 치세. 수도로 집결하라는 황제 폐하의 명령도 유언비어라고 치자고."

"그래! 유언비어 맞을 거야. 국가가 위기 상황에 처한 것도 아닌데 황제께서 그런 명령을 내리실 리가 없잖아. 그러니 자네가 잘못 들었거나 유언비어인 것이 확실하네."

세반은 자신이 논리적으로 승리했다 느꼈는지 우쭐해하는 표정을 짓는다. 이때 칼리드가 조용히 속삭인다.

"좋아! 그럼, 자넨 수도로 안 갈 거야?"

"당연히 안……. 아! 그건……."

이번엔 세반이 말을 끊었다.

소집령이 유언비어라고 생각하여 수도에 가지 않았는데 그게 진짜라면 항명죄로 다스려진다. 목이 잘린다.

따라서 유언비어라는 확실한 증거가 없으면 무조건 수도로 가야 하는 상황이라는 걸 깨달은 것이다.

"끄응! 가긴 가야 하는 거네."

"그래! 그러니 일단 한잔하고 라쉬드 님께 말씀 전하자."

"그래! 그게 좋겠네. 쩝! 유언비어가 아니었으면 좋겠네."

"왜? 난 유언비어라도 상관없네. 최소한 맥마흔 구경은 해 보고 오는 거니 말이네."

"그래! 맥마흔. 길바닥에 쭉쭉빵빵한 천하절색들이 즐비하다는 곳이지. 가보세. 가보자고."

세반의 말이 마쳐졌을 때 골빈탕과 쉰 술이 나왔다.

칼리드는 파티마에게 찝쩍거리는 대신 맥마흔에 관한 이야기를 한다.

"수도에 가면 파티마 같은 애들 널렸겠지?"

"아마도……! 그러니 임자 있는 파티마는 포기하라고."

"쩝! 괜히 비싼 거 시켰네. 근데 이거 왜 이래?"

칼리드가 이맛살을 좁힌다. 골빈탕의 뒷맛이 묘한 때문이다. 한 달쯤 짓무른 무를 먹는 것처럼 말캉말캉한 식재료가 있는데 그게 뭔지 알 수 없어서이다.

"뭐 말인가? 아! 수도의 미녀들? 내가 전에 들은 말이 있는데 수도에서는 바지의 아랫단을 접고 다니면……."

세반은 어디선가 들은 진짜 유언비어를 유포했다.

맥마흔에선 남자가 바지의 왼쪽 아랫단을 5㎝쯤 접고 다니면 오늘 기꺼운 마음으로 한잔 사겠다는 뜻이다.

어떤 여인이든 원하기만 하면 사줄 테니 신호만 보내라는 의미라는 것이다. 물론 그 대가는 뜨거운 밤이다.

맥마흔은 성적(性的)으로 상당히 문란한 도시이다.

정숙한 여인들도 있지만 그렇지 않은 이도 많다. 그래서 지구로 치면 원 나잇 스탠드가 보편적인 일이다.

그런데 바지를 걷고 다닌다 하여 늘 성사되는 것은 아니다.

마법사를 의미하는 로브를 걸치고 있어야 확률이 높다. 여인들 입장에선 신분 상승의 기회가 되기 때문이다.

"우린 흑마법사잖아. 게다가 5서클이고. 그러니 수도에 가서 바지만 걷고 다니면…… 흐흐흐!"

"흐흐흐흐!"

세반이 음흉한 웃음을 짓자 칼리드 역시 같은 표정을 짓는다. 그리곤 미친 듯이 골빈탕을 퍼 먹는다.

수도에 가서 절세미녀들을 품는다는 상상만으로도 식욕이 동한 것이다.

"흐음! 여긴 이 정도면 되겠군."

건너편 테이블에 있던 현수는 고개를 끄덕인다.

이때 파티마가 돈까스 비슷한 음식과 라덴주 한 병을 들고 왔다.

탕, 턱—!

"음식 나왔어요. 근데 우리 전에 본 적 없어요?"

"우리가요? 글쎄요? 난 이곳이 처음인데?"

현수는 짐짓 모르는 척했다. 파티마와 엮여서 노닥거릴 시간적 여유가 없기 때문이다.

소기의 목표가 달성되었으니 식사만 마치면 곧바로 텔레포트하여 다음 장소로 이동할 생각이다.

하여 가져온 음식을 입에 넣고 씹었다. 전과 같은 맛이다.

무슨 고기로 만든 요리인지는 알 수 없지만 누린내도 나지 않고, 상당히 괜찮은 맛이다.

우걱, 우걱! 쩝쩝, 쩝쩝! 꿀꺽, 꿀꺽—!

"캬아아!"

12도짜리 라덴주도 여전한 맛이다.

현수가 돈까스 같은 음식의 절반 정도를 먹을 때까지 파티마는 테이블 곁에 서 있었다. 현수를 보면 뭔가 떠오르는 것이 있는데 그게 뭔지 구체적이지 않았던 때문이다.

쩝, 쩝, 쩝쩝—!

꿀꺽, 꿀꺽, 꿀꺽—!

"캬아아!"

파티마가 서 있든 말든 배를 채운 현수는 남아 있던 마지막 한 점을 입에 넣고는 우물거렸다. 잔에 남은 술도 딱 한 번만 더 마시면 비워질 정도이다.

꿀꺽, 꿀꺽, 꿀꺽—!

"캬아아!"

현수는 입가에 묻은 거품을 닦아내곤 자리에서 일어섰다.

이제 이곳에서 볼 용무가 없으니 선술집을 나서면 적당한 장소를 찾아 텔레포트할 생각이다.

"잘 먹었소."

현수는 가방을 챙겨 들고 밖으로 나서려했다.

"저기요. 하인스 님! 하인스 님이시죠?"

파티마의 음성이 조금 컸기에 모두의 시선이 모아진다. 파티마는 모두의 관심을 받기 때문이다.

"하인스님! 하인스 님……! 하인스 님이시잖아요. 그쵸?"

이번엔 현수에게도 시선이 쏠린다.

"뭐야? 저 친구가 파티마의 주인이라는 그 친구야?"

"외출자라며?"

"그럼 룩셔의 고수인 거잖아."

여기저기서 소곤대는 소리가 들린다.

"파티마의 주인인데 왜 안 데리고 살지?"

"그러게! 나 같으면 하루 종일 끼고 살 텐데."

"외출자는 대개 고위층 자녀와 결혼하잖아. 파티마가 예쁘긴 해도 겨우 선술집 딸내미니까 관심 밖인 거지."

"쩝! 부익부 빈익빈이라더니. 우린 파티마 한번 꼬셔보려고 몇 년째 이 집 매상이나 올려주고 있는데 누군 남아돌아서 거들떠도 안 보니……. 세상 참 불공평해. 그치?"

"그러게! 불공평한 거 맞아. 나는 파티마랑 같이 살 수만 있으면 뭐든 다 줄 수 있는데. 누군 저러니. 쩝! 속 쓰리니 술이나 한잔하자고."

"그래! 잔이나 비우자."

여기저기서 단숨에 남은 술을 비우는 모습이 보인다. 이때 파티마가 등 돌리는 현수의 옷자락을 잡았다.

"제 주인이시잖아요. 왜 모르는 척해요? 네?"

지난번에 현수가 맥마흔으로 향하고 있는 동안 거수자가 최초로 출현한 이곳 헤르마엔 줄마 공작이 파견되었었다.

소문의 근원을 찾은 끝에 줄마 공작은 파티마를 만났다. 그런데 아무것도 기억하지 못하고 있었다.

즉각 마법 때문인 것을 파악한 줄마 공작은 현수가 시전한 메모리 일리머네이션을 캔슬시켰다. 현수가 기억 삭제 마법에 제한을 걸지 않았기에 가능한 일이다.

아무튼 기억을 되찾은 파티마는 현수에 관한 모든 것을 털어놓았다. 그러지 않았다면 줄마 공작을 따라왔던 자의 노리개가 되었을 것이다.

실컷 가지고 논 뒤엔 목숨을 빼앗을 것이고, 죽은 뒤엔 육편으로 저며져 식탁에 올랐을 것이다.

그런데 줄마 공작이 파티마의 모든 기억을 되살려 놓은 건 아니다. 키스를 하지 않는 대신 정보를 달라는 말을 했던 이후의 기억만 복원시켰다.

그런데 지금 파티마는 모든 기억을 되찾았다. 매직 캔슬이 서서히 작용된 결과이다.

하여 현수와의 만남 이후를 모두 기억한다. 다만 한 가지 흐릿한 것은 현수와 키스를 했는지 여부이다.

내기에 진 후 자신의 처소로 옮겨진 뒤부터 아침까지의 기억은 끊겨 있다.

　그때 너무 취해서 인사불성이었던 때문이다.

CHAPTER 02

키스 안 했어요?

그날 이후 사람들의 이야기를 들어보니 파티마는 하인스와 키스를 했다. 자신이 평생토록 수발들고, 믿고 따라야 할 남자가 확실하게 결정된 것이다.

남들도 그렇게 이야기하지만 파티마 본인 또한 그렇게 생각하고 있다.

"하인스 님! 저는요, 다른 사내의 품에 안길 수 없어요. 그러니 절 데려가 주세요."

느닷없는 말에 현수는 벙 찐 표정이 되었다.

'헐! 이게 무슨 개풀 뜯어먹는 소리야? 내가 왜……?'

현수가 아무런 대꾸도 하지 않자 파티마는 털썩 무릎을 꿇는다. 그리곤 현수가 신고 있는 군화에 입을 맞춘다.

그간 등산화를 신고 다녔는데 아무래도 디자인이 문제될 것 같아 황학동에 갔을 때 몇 켤레 산 걸 신은 것이다.

"평생 수발을 들며 주인님의 뜻을 따르겠어요. 부디 버리지 마시고 거두어 주셔요."

"아가씨! 대체 왜……."

현수의 말을 중간에 끊겼다. 처연한 표정으로 올려다보던 파티마와 시선이 마주친 때문이다. 물기를 머금은 눈은 영롱한 빛을 반사시키고 있어 신비로웠다.

"제 몸과 마음, 그리고 영혼까지 모두 지배해 주셔요. 저는 이미 당신의 것! 제발 저를 버리지 말아주세요."

마인트 대륙에선 키스한 사내로부터 버림을 받은 여인을 '와이퍼(Wiper)' 라 부른다.

와이퍼는 영어로 '닦개' 또는 '걸레' 라는 뜻이다. 이곳 마인트 대륙어로는 '모두가 주인' 이라는 뜻이다.

따라서 와이퍼는 누가 자신을 원하든 그에 응해야 하는 것이 관습이다. 다만 키스는 제외이다.

이렇기에 도도하고, 콧대 높기로 이름났던 헤르마 최고의 절세미녀가 이처럼 무릎까지 꿇은 채 애원하고 있는 것이다.

현수가 거둬주지 않으면 뿔난 양의 엉덩이를 드나드는 거의 모든 사내의 노리개가 될 것이 뻔하다. 거의 모두 파티마를 노리던 사내들이기 때문이다.

그렇게 되면 행복한 삶과는 영원히 아듀이다. 누구든 원하기만 하면 치마끈을 풀어야 하는 삶이 어찌 행복하겠는가!

"아가씨!"

"파티마 이브라힘이에요."

"그래요, 파티마! 내가 왜 그대를……."

"저와 조용한 곳에서 이야기를 나눠요. 여긴 보는 눈이 많으니까요."

그러고 보니 모두의 시선이 쏠려 있다. 파티마의 운명이 결정될 상황인 때문이다.

아름다운 여인이 무릎까지 꿇고 애원하는 모습을 모두가보는 건 자존심 문제이다. 그렇기에 현수는 고개를 끄덕였다.

"좋아요. 안내해요."

"네! 이쪽으로……."

파티마는 자신의 방으로 현수를 안내했다.

둘러보니 전과 다를 바 없다. 지푸라기를 깔아놓고 두툼한천으로 덮어놓은 침상과 의복 등을 넣어둘 상자 두 개, 그리고 다용도로 쓸 테이블 하나가 전부이다.

벽에는 의복을 걸 수 있는 못 몇 개가 박혀 있다.

방의 크기는 여섯 평 남짓하다. 전체적으로 허름하지만 정돈은 잘되어 있다.

"아, 앉으세요."

현수가 침대에 걸터앉자 파티마는 다시 무릎을 꿇는다. 말리려 했지만 보는 눈도 없어 내버려 두었다.

"하인스 님이 저를 거둬주시지 않으면……."

잠시 파티마의 말이 이어졌다. 그중 마인트 대륙의 관습에 관한 것도 있었다.

키스를 하면 여인에 대한 지배권이 생긴다는 것과 버림받으면 '와이퍼'가 된다는 이야길 듣고는 정말 이상한 동네라는 생각을 떨칠 수 없었다.

미개한 아프리카 대륙에도 없는 관습인 때문이다.

"흐흑! 그러니 제발……."

파티마는 눈물 작전까지 동원했다.

하지만 현수의 표정엔 변화가 없다. 흑마법사들의 씨를 말리러 온 거지 여인을 거두러 온 게 아닌 때문이다.

파티마는 분명 발리우드[4]의 여신이라 불리는 디피카 파두콘과 흡사한 외모와 몸매를 가진 절세미녀이다.

꽤 안목이 높은 사내라 할지라도 침을 질질 흘리며 꽁무니를 쫓아다닐 정도이다. 하지만 현수는 결코 웬만한 안목의 소유자가 아니다.

---

4) 발리우드(Bollywood) : 인도 뭄바이의 영화 산업을 일컫는 용어. 인도 뭄바이의 옛 지명 봄베이(Bombay)와 할리우드(Hollywood)를 합성해 만든 용어.

절세미녀 중의 절세미녀라 할 수 있는 카이로시아, 로잘린, 스테이시, 케이트, 그리고 다프네를 아내로 맞이할 사람이다. 따라서 안목이 무지하게 높다.

그렇기에 파티마 같이 아름다운 여인이 거둬달라고 읍소를 해도 표정에 변화가 없는 것이다.

"파티마! 지금 뭔가를 착각하는 것 같아."

"네? 그게 무슨……."

"파티마와 술내기를 해서 내가 이긴 것은 맞아. 지면 키스하기로 했던 것도 맞고."

"네, 알아요."

"근데 나는 파티마와 키스를 한 적이 없어. 그러니까 파티마는 나한테 이러지 않아도 돼."

"그게 무슨……? 동생인 야흐야가 하인스 님께서 저를 안아 제 방까지 데리고 갔다고……. 그러면서 저랑 키스를 하신다고 했잖아요."

파티마의 말은 사실이다. 누나가 술내기를 지자 야흐야는 걱정스런 표정으로 현수와 다음과 같은 대화를 나눴다.

"혀엉―! 정말 우리 누나랑 키스할 거예요?"

"그럼! 해야지. 누나 방은 어디냐?"

"뒤채 이 층 가운데 방이에요!"

파티마가 언급한 것은 바로 이 대화이다.

"그것도 맞아! 그런데 키스는 안 했어. 생각해 봐. 파티마는 나랑 대작하다가 먼저 취해서 왕창 토했어. 그치?"

"네, 그렇다고 들었어요."

"파티마 같으면 토한 입에다 키스하고 싶겠어?"

"그럼……?"

파티마가 정말이냐는 표정을 짓고 있다.

"그래! 키스 안 했어. 그러니까 이럴 필요가 없는 거지."

"저, 정말인가요? 정말 저랑 키스 안 하셨어요? 내기에서 졌는데. 나중에라도 하자고 그럴 거 아니에요?"

"혹시 기억나는지 모르겠는데 그때 나는 이렇게 말했어."

"뭐라고요?"

현수는 당시 나눴던 대화를 그대로 재현해 냈다.

"나는 이곳 사람이 아니야. 오늘 처음 여길 왔어. 그러니 이곳에 대해 설명해 줄 사람이 필요해. 파티마가 그래 줬으면 좋겠는데 어때? 말해줄 수 있어? 아님 키스를 하고."

현수는 잠시 말을 끊었다. 파티마가 기억해 낼 시간적 여유를 주기 위함이다. 하지만 시간은 짧았다.

"생각나지? 그때 파티마는 바로 이 방에서 내게 이곳 마인트 대륙에 관한 이야기들을 해줬어."

"…그, 그랬던 것 같아요. 그럼 정말 안 하신 거예요?"

"그래! 키스 안 했어. 그러니까 나더러 데리고 살아달라고 말할 필요 없는 거야. 알았지?"

"……!"

파티마는 현수를 묘한 눈빛으로 바라본다. 늙든 젊든 사내란 사내들은 모두 자신을 어쩌지 못해 안달을 낸다.

그런데 현수는 너무도 초연하다. 눈을 유심히 바라보았는데 전혀 욕정의 빛을 느낄 수가 없었다. 이런 남자는 만나본 적이 없다. 어찌 흥미가 돋지 않겠는가!

"그냥 키스해 주시면 안 되나요?"

"뭐라고?"

"아! 내기에서 졌으니까……. 아, 아니에요. 말실수예요."

파티마는 얼른 고개를 흔든다. 본인조차 가늠하기 힘든 여심 때문에 입이 제멋대로 움직인 때문이다.

"그래! 그럼 이제 가도 되지?"

"어디로 가시는데요?"

그냥 무의식적으로 물은 말이다.

"여길 뜨면 누라하 영지와 카이젠 영지 등을 거친 뒤 맥마흔으로 갈 예정이야."

실제로 이동할 동선이지만 현수 역시 무의식적으로 답변한 것이다.

"배를 타고 가실 건가요?"

"아니! 산을 넘어야지."

"네에? 산이 너무 높고 험해서 길도 없는데요?"

"그래도 가는 수가 있어. 자! 이제 난 갈게. 잘 있어."

"……!"

파티마는 아무런 대꾸도 하지 않고 현수만 바라본다. 그러거나 말거나 밖으로 나온 현수는 헤르마 외곽으로 향했다.

라쉬드가 있으니 가까운 곳에서 텔레포트를 하면 또 귀찮은 일이 빚어질 것 같아서이다.

*　　　*　　　*

"흐음! 어디가 적당할까?"

누라하 영지로 텔레포트한 현수는 주변을 둘러보았다.

어디로 갈까 망설이다 '발정난 고양이의 콧구멍' 이란 이름의 선술집으로 들어갔다.

'훔친 밀 포대에 핀 한 송이 꽃' 이라는 괴상한 이름의 선술집 주인 자하라가 본인의 얼굴을 알기 때문이다.

삐이꺽—!

"와글와글, 와글와글, 와글와글……!"

문을 열자마자 시끄럽게 떠드는 소리가 난다. 다들 얼큰하게 취해 있어 큰 소리로 떠드는 때문이다.

"어서 오슈! 뭘 드실 거유?"

자하라만큼 뚱뚱한 여인이 퉁명스런 표정으로 주문하라고 한다.

"라덴주 한 병, 그리고 적당한 안주 하나 주세요."

"3실버 50쿠퍼네요."

"싸네요."

헤르마에선 술 한 병과 안주 한 접시에 4실버 30쿠퍼였다. 한화로 환산하면 4만 3,000원이다. 그런데 이곳은 3만 5,000원이라니 18.6%나 싸서 저도 모르게 한 말이다.

"싸요?"

여인은 고개를 갸웃거린다. 싸다는 말을 처음 들어본 듯하다. 그러다 문득 시선을 돌린다.

"저쪽 망할 년이 하는 가게보다 싸다는 거죠?"

"네? 망할 년이라니요?"

"자하라 말이에요. 뚱땡이 자하라! 나이도 어린 게 싸가지가 밥맛인 년이요."

여인은 갑작스레 몹시 흥분한 듯한 표정이다.

"아! 훔친 밀 포대에 핀 한 송이 꽃이요?"

"한 송이 꽃은 무슨……! 한 덩이 똥이죠. 그리고 그년이 밀 포대를 훔친 년이라오."

"네? 그게 무슨……!"

"그년은 소싯적에 우리 가게에서 허드렛일을 하던 점원이 었는데 밀 한 포대를 훔쳐 가지고 그걸 불리고 불려서 저 가게를……."

몹시 흥분한 듯 빠른 속도로 지껄이는데 당최 알아들을 수가 없다. 주어가 없을 때도 있고, 목적어나 보어 없이 두루뭉술한 표현을 하는 등 횡설수설한 때문이다.

한 가지 확실한 것은 자하라와 이 집 여주인은 앙숙 관계라는 것이다. 또 한 가지 추론할 수 있었던 것은 이 집 사내와 자하라가 그렇고 그런 관계라는 것이다.

다시 말해 한 사내가 두 집 살림을 하면서 일은 여자들에게 시키고 본인은 놀고먹으며 노름판을 전전한다. 현수가 이런 결론을 내고 있을 때 웬 사내의 음성이 들린다.

"엘마! 또 수다야?"

"어떤 개자식이 감히……! 아, 자기예요? 수다 떠는 거 아니에요. 주문 받는 중이에요. 라덴주와 안주라 하셨죠?"

"네? 아, 그럼요. 라덴주와 안주 맞아요. 자, 여기요."

현수가 3실버 50쿠퍼를 내밀자 엘마라 불린 여인은 얼른 받아 챙긴 후 사내에게 쪼르르 다가간다.

"호호! 자기 왔어요? 오늘은 여기서 잘 거죠?"

"너 하는 거 봐서. 그나저나 돈 좀 있지?"

"어머! 또 다 잃으신 거예요? 잠깐만 기다려요."

엘마는 앞치마 주머니에 손을 집어넣어 돈을 한 움큼 꺼내 든다. 사내는 들고 있던 자루를 연다. 이런 상황이 아주 익숙한 듯하다.

"근데 겨우 이것뿐이야? 장사가 잘 안 돼?"

"네! 요즘 장사가 잘 안 되네요. 저쪽에 있는 머시기 때문에…… 근데 이거 좀 적죠?"

"그야 당연히 적지. 이거 가지곤 두어 판밖에 못 해. 쩝! 할 수 없군, 자하라에게 가면 좀 있으려나?"

사내가 돌아서려 하자 여인은 얼른 팔뚝을 부여잡는다.

"자, 자기! 그러지 말고 조금만 기다려 봐요. 내가 안에 들어가서 꿍쳐 둔 거 꺼내 올게요. 근데 그거 자기 몸에 좋은 보약 지어 먹이려고 모은 건데."

"보약은 무슨! 난 그런 거 없어도 되는 거 몰라?"

사내가 퉁명스레 대꾸하자 엘마가 뚱뚱한 몸을 배배 튼다. 나름 교태를 부리는 것이다. 슬쩍 바라보니 사내 역시 뚱뚱하다. 처먹고 놀기만 하니 살이 쪘을 것이다.

얼굴도 잘생겼다 할 수 없다. 그런데 여자 둘이 죽고 못 사는 듯하여 고개를 갸웃거렸다.

'뭐야? 밤일은 잘하는 모양이네.'

엘마가 후다닥 내실로 들어가자 사내는 회심의 미소를 짓는다. 이런 상황을 짐작이라도 한 듯싶다.

슬쩍 창밖을 보니 자하라가 허리에 손을 얹은 채 씩씩거리고 있다. 보아하니 저쪽 먼저 뜬고 온 모양이다.

'저 사내가 뭐가 좋다고…… 나야 알 바 아니지. 근데 뭐한다고 했지?'

술집만큼 말이 빨리 번지는 곳이 도박판이다. 노름을 하면서 지껄이는 말이니 나중엔 누구 입에서 나온 건지 파악하는 것조차 힘들다. 다들 돈 따는 것에만 눈이 벌건 때문이다.

엘마가 꾸물거리는 동안 사내는 주점을 쓱 훑어본다.

그러다 현수와 시선이 마주쳤다. 현수는 짐짓 순진한 표정으로 라덴주를 마시고 있었다. 오늘 노름판에서 호구가 될 인물로 낙점되는 순간이다.

"이보게, 친구!"

"네? 저요?"

"그래! 자네 혹시 돈 좀 벌어볼 생각 없나?"

"돈을 번다고요?"

"그래! 내가 하는 일이 있는데 자네가 조금만 거들어주면 하룻밤에 1골드 정도는 거뜬히 벌 수 있는 일이지."

"네에? 일 골드나 벌어요? 하룻밤에요?"

현수는 촌구석에서 온 무지렁이 같은 표정을 지어보였다.

"그래! 내 말대로 하기만 하면 그렇게 되지. 근데 그걸 하려면 돈이 좀 있어야 해. 지금 주머니에 얼마나 있나?"

"그, 그건 왜요?"

이번엔 심히 경계하는 표정을 지었다. 그래야 시골에서 도회지로 처음 온 촌놈으로 인식될 것이기 때문이다.

"세상에 공짜가 어디 있나? 밑천이 있어야 버는 거거든."

"그, 그래요? 그럼 얼마나 있어야 하룻밤에 일 골드를 벌게 되는 건가요?"

"흐음, 아무리 적어도 5실버는 있어야지."

생각보다 판이 작은 듯하다.

"저, 정말 5실버만 있으면 1골드를 벌어요?"

"그래! 그 정도면 되네. 돈은 있어?"

"이, 있어요. 근데 더 있으면 더 많이 버나요?"

시골 촌놈이 욕심만 많은 듯한 눈빛을 보이자 사내는 몹시 흥미롭다는 표정으로 바뀐다.

"더 있어? 더 있으면 당연히 더 벌지. 얼마나 있는데?"

"이, 이십 골드요."

"뭐어? 이십 골드? 그 돈 어디서 훔친 거야?"

"아뇨! 우리 마을 촌장님이 여기 와서 식량이랑 약초 같은 거 사오라고 주신 돈이에요."

사내는 어느 촌구석인지 몰라도 순진한 놈 하나 때문에 적어도 몇 달은 개고생할 것이란 생각을 했다.

하나 이런 건 표정에 나타나지 않았다.

"흐음, 이십 골드나 있으면 당연히 40골드는 벌지. 어떤가 나랑 같이 가겠나?"

"그, 그럼요! 다, 당연히 가여죠. 근데 나중에 사례는 어떻게……. 좋은 걸 가르쳐 주셨는데 저 혼자 다 먹으면 안 되는 거잖아요."

"사례? 그렇지, 돈을 벌게 해줬으면 사례를 하는 게 인간 된 도리지. 흐음, 40골드를 벌면 1골드만 주게."

"저, 정말 그 정도면 돼요? 너무 적은 거 아니에요?"

현수를 정말 순진하게 보았는지 사내는 흐뭇한 미소를 짓는다. 오늘은 오랜만에 노름꾼들과 팀을 이뤄 20골드를 빨아먹을 생각을 하고 있는 때문이다.

잠시 후, 엘마가 꿍쳐 놨던 돈을 꺼내 왔다. 2골드 3실버 40쿠퍼이다. 한국 돈으로 치면 234만 원이니 적은 돈은 아니다.

현수는 스미스라는 사내의 뒤를 따라 노름꾼들이 있는 도박장으로 향했다. 입구에서 잠시만 기다리라 해놓고는 안에 들어가 작전을 짰지만 짐짓 모르는 척했다.

드디어 노름판에 끼게 된 현수는 도박꾼들 틈에서 잠시 시간을 보냈다. 이곳의 도박은 한국의 '포커'와 비슷하다.

얇은 나무패에 숫자를 새겨 넣고 일곱 장씩 나눠 가진 뒤 족보 높은 쪽이 이기는 게임이다.

현수는 잃었다 따기를 반복하면서 돈을 야금야금 잃어주었다. 판이 무르익어 모두가 판돈에 신경 쓸 때 현수의 입이 열렸다.

"그나저나 다들 아시나 모르겠네요."

노름꾼 김현수의 시선을 받은 이는 4서클 마스터이면서 간간이 속임수를 쓰는 자이다.

이자는 밑장빼기와 바꿔치기가 특기이다. 아울러 상대로 하여금 방심하게 하는 데 도가 텄다.

지금하는 게임을 포커로 바꿔서 예를 들자면 사내의 앞에 깔린 패는 ♥3, ♠8, ♦10, ♣2이다.

스트레이트는 어렵고, 플러시는 불가능한 패이다.

기껏해야 투 페어 정도로 읽고 배팅에 들어가면 풀 하우스인 경우가 많았다. 바닥 패에 같은 무늬가 두 개 이상이면 스트레이트 플러시도 떴다.

이런 패를 어찌 당하겠는가!

현수가 이자에게 말을 건 것은 한참 돈을 잃어 남은 돈이 달랑달랑할 때이다.

"뭐 말인가?"

녀석은 부지런히 패를 섞느라 현수에게 시선도 주지 않았다. 표정관리를 해야 하는 때문이다.

"황제 폐하께서 4서클 이상인 마법사들에 대한 집결령을 내리셨다는데 혹시 들어보셨습니까?"

"집결령……? 언제, 어디로?"

"그야 맥마혼이죠. 날짜는……."

현수가 말을 하는 동은 사내는 패를 돌렸다. 현수 역시 패를 받아 확인하느라 잠시 말을 끊었다. 잠시 후 추가로 패가 돌려졌고, 배팅이 계속되었다.

현수는 슬쩍슬쩍 유언비어를 퍼뜨렸다. 아무런 의심도 없이 고개를 끄덕인다. 마인트 대륙엔 간세가 없기 때문이다.

그렇게 몇 판이 도는 동안 현수는 잃었던 돈 전부를 회수하고도 조금 더 딴 상태가 되었다.

다들 배팅에 신경 쓰는 동안 슬쩍 보니 사내는 패를 바꿔치고 있었다.

'손이 눈보다 빠르다' 는 어느 영화의 대사처럼 정말 재빠른 손놀림이라 다른 이들은 전혀 눈치채지 못한 듯싶다.

현수의 손에 쥔 것은 ◆A, ♣3이고, 바닥엔 ♠A, ♥3, ♣8, ♣10이 깔려 있다.

사내의 눈동자에 반사된 것을 보니 손에 ♣K, ◆K를 쥐고 있고, 바닥엔 ♠K, ♥Q, ♥J, ♣J가 깔려 있다.

손에 쥔 것은 방금 전에 바꿔치기한 카드이다. 원래는 ◆7과

♠7이 있었다.

어쨌거나 현수는 A 투 페어이고, 상대는 K 풀 하우스 메이드이다.

"3골드!"

멤버 중 하나가 배팅하자 사내가 슬쩍 웃음을 짓는다.

"받고, 6골드 더!"

"나는 콜만 받아!"

"어휴! 판이 커지네. 그래도 콜!"

현수가 받자 처음 배팅한 자가 현수와 사내의 패를 유심히 바라본다.

"이 친구는 뭐지? 에이스 투 페언가? 이쪽은 쟈니 트리플이고? 좋아, 콜!"

사내가 바닥에 깔고 있는 패를 보면 ♣A, ♣2, ♣4, ♣5이다. 얼핏 보면 스트레이트 플러시가 가능한 패이다.

하지만 절대 뜨지 않는다. 현수가 ♣3을 손에 쥐고 있는 때문이다. ♣4, ♣5, ♣6, ♣7, ♣8인 스트레이트 플러시도 불가능하다. 현수의 바닥 패에 ♣8이 깔려 있는 때문이다.

따라서 이 사내가 가능한 패는 스트레이트, 혹은 A 탑 클로버 플러시이다.

제일 높이 봐줘도 5탑 풀 하우스가 고작이다. A를 현수가 두 장이나 쥐고 있는 때문이다.

"에이, 내가 낄 판이 아니군. 다이!"

마지막 멤버가 카드를 엎자 현수는 지금껏 바꿔치기로 돈을 불린 사내를 슬쩍 바라보며 마지막 패를 돌렸다.

마지막 장을 잡아 이를 확인한 사내는 굳은 표정이다. ♥K가 들어와 포 카드가 완성된 때문이다.

현수의 패는 아무리 높아도 A 풀 하우스이다.

바로 곁 사내에게 ♣A, ♣2, ♣3, ♣4. ♣5가 뜰 수 있다는 것이 마음에 걸리지만 그럴 확률은 매우 낮다.

아니, 그냥 낮은 정도가 아니라 희박하다.

괜히 스트레이트 플러시의 족보가 높은 게 아니다. 그렇다면 이제부터 마음 놓고 배팅을 해도 된다는 뜻이다.

"흐음! 12골드!"

"…콜!"

클로버 플러시 메이드를 쥔 사내는 자신 없는 표정이다. J 풀 하우스가 아닌가 하는 생각을 한 때문이다.

"12골드 받고, 24골드 더!"

"난 다이."

현수가 판을 키우자 Q 투 페어를 쥐고 있던 사내가 카드를 엎는다. 막장에 Q 한 장이 더 들어오면 풀 하우스가 되기에 끝까지 따라왔는데 안 떴으니 미련 없이 꺾는 것이다.

"호오! 24골드나 더? 뭔가 무시무시한 패가 떴나 보군. 좋아, 나는 거기에 48골드를 더 얹지."

"제기랄! 내가 낄 판이 아니군. 플러시지만 죽는다. 쳇!"

사내는 메이드 된 플러시를 가지고도 판돈을 먹을 수 없는 게 배가 아픈지 패를 까발린다.

들고 있던 패는 ♣7, ♣9, ♣10이다.

몽땅 클로버만 가졌다. ♣8이 안 떠서 스트레이트 플러시가 되지 못한 패이다.

모두가 아깝다는 말을 하지만 사내는 그따위 패엔 관심 없다는 듯 현수만 바라본다. 이때 현수는 바닥에 깔린 패를 보고 상념에 잠긴 듯한 표정이다.

"아! 카드 하는 사람 어디 갔나?"

"48골드 받고 96골드 더!"

"뭐야? 그만한 돈이 있으면서 그러는 거야?"

현수의 수중에 남은 돈은 3실버 정도였다. 그렇기에 입으로만 배팅하느냐는 말을 하려 할 때 현수가 품속에서 100골드짜리 금화 5개를 꺼냈다.

도박장의 모든 사내가 눈빛을 번뜩인다. 10년에 하나 있을까 말까 한 대박이 코앞에 있다 생각한 것이다.

"크흐흐! 배짱 좋군. 좋아, 나는 그 96골드를 받고 200골드를 더 배팅하지. 이봐, 돈 좀 빌려줘."

사내는 곁에 있던 사내에게 슬쩍 자신의 패를 보여준다. 그러자 두말없이 금화를 빌려준다. 현수가 질 것이 분명하기에 더 묻지도 않는다.

"흐음! 판이 커졌군요. 좋습니다. 200골드 받죠. 그리고 400골드 더합니다. 돈 없으면 꺾으세요."

"뭐야? 어디서 이런 애송이가! 이봐, 돈 좀 더 빌려줘."

사내는 탐욕 어린 시선으로 현수를 노려보곤 곁의 사내들에게서 돈을 빌렸다. 도박판의 돈 거의 전부가 이 한 판에 실려서 그런지 다들 눈빛을 반짝이며 구경한다.

"자! 400골드 더 받았네. 카드 까지."

"좋습니다. 저는 A 풀 하우스입니다."

"크하하하! 크하하하! 겨우 그것 가지고."

사내는 큰 소리로 웃으며 판돈 전부를 자신 앞으로 끌어당기려 한다.

"잠깐! 카드는 보여주셔야죠."

"카드? 아! 그렇지. 자, 여기! K 포 카드이네."

말을 하며 손에 쥐고 있던 카드를 내려놓았다.

"으잉? 이게 뭐야?"

사내는 자신이 내려놓은 패를 보며 화들짝 놀라는 표정을 짓는다. KKK가 아니가 KK2인 때문이다.

"에이, K 포 카드가 아니잖아요. K 풀 하우스네요. 그럼 제가 이긴 겁니다."

현수가 판돈 전부를 쓸어 담는 동안에도 사내는 고개를 갸웃거린다.

'뭐야? 무의식적으로 카드 바꿔치기를 한 거야?'

'어라! 조금 전엔 분명 KKK였는데 어떻게 된 거지?'

돈을 빌려준 사내 역시 고개를 갸웃거린다. 자신의 눈을 믿을 수 없어서이다.

"보아하니 오늘은 제가 다 딴 모양입니다. 자, 그럼 저는 이만 갑니다. 참! 스미스 씨. 제가 계산해 보니 대략 1,000골드쯤 땄나 봅니다. 여기 25골드요. 40골드당 1골드씩 드리기로 했으니까 맞죠?"

"으응? 그, 그럼!"

스미스는 자신에게 던져진 10골드짜리 금화 두 개와 1골드짜리 다섯 개를 슬쩍 손에 쥐며 눈치를 살핀다.

자신이 현수와 짜고 판돈을 휩쓸었다는 오해를 받을 수 있음을 알기 때문이다. 그럼에도 돈에 대한 욕심을 못 이긴 것이다.

현수는 돈을 모두 쓸어 담고는 자리에서 일어섰다. 그리곤 조금의 미련도 없다는 듯 바깥으로 나갔다.

하지만 도박판의 사내들은 아무도 현수를 제지하지 않았다. 이 도박장의 주인인 사내가 멍한 표정으로 KK2를 만지작거리고 있었던 때문이다.

"뭐야? 아까 내가 봤을 때 분명 KKK였는데."

"그러게! 나도 그렇게 봤어. 내 눈이 잠시 삔 건가?'

사내들이 고개를 갸웃거리는 동안 현수는 영지를 빈민촌을 거쳐 영지 바깥으로 향하고 있었다.

돈을 잃었던 사내가 제정신을 찾으면 4서클 이상인 마법사 전원에 대한 집결령에 내려진 것에 대한 소문이 퍼질 것이기 때문이다.

"도박으로 흥한 자는 도박으로 망하는 법! 후후후, 당분간 속 엄청 쓰리겠군. 그나저나 이 돈은… 그래!'

현수는 빈민촌을 돌며 가구당 2골드씩 넣어주었다. 같은 시각 스미스는 도박꾼들의 집단 린치를 당하고 있다.

정신을 차리고 현수를 찾아보니 이미 사라졌다. 둘이 짠 것이라 판단한 도박꾼들에 의해 얻어터지는 중이다.

현수로부터 받은 25골드는 벌써 빼앗겼다.

게다가 가장 장사가 잘되는 선술집 두 개로부터 단물을 빼먹을 수 있던 밑천도 망가졌다.

누군가 엄청 세게 걷어찼는데 하필이면 그곳을 맞아 터져버린 것이다.

누라하 영지를 벗어난 현수는 곧장 카이젠 영지로 가서 황제 집결령에 관한 소문을 퍼뜨렸다.

뒤를 이어 펜말 백작령과 후펜자 후작령도 들렀다.

수도에서 가까운 케즈만 공작령을 방문했을 때는 마인트 대륙 전역으로 소문이 번져 있었다.

서로 정보를 확인하려는 시도를 했던 결과이다.

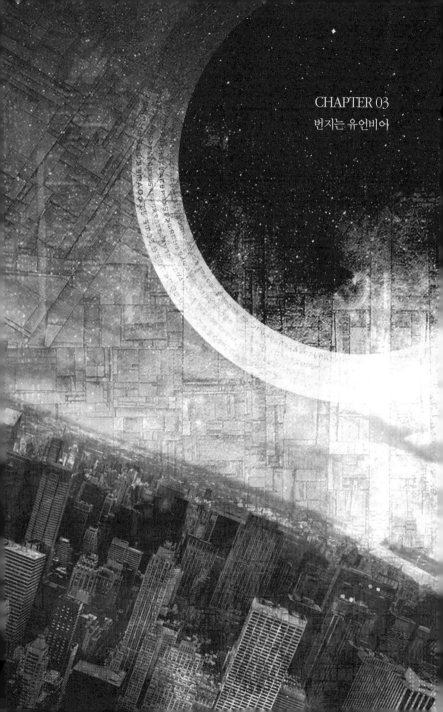

CHAPTER 03
번지는 유언비어

한편, 맥마흔의 황실 정보처는 전국 각지로부터 쇄도하는
소문 확인 통신 때문에 몸살을 앓고 있었다.

[여보세요. 여긴 무크타크 공작령입니다. 저는… 황제께
서……. 사실인지요?]

[아아! 여긴 세트보리 후작령입니다. 저는… 인데요. 황제
께서……. 사실인지요?]

[여긴, 로라크센 남작입니다. 황실 정보처지요? 황제께
서……. 사실인지요?]

"끄응! 끄으응!"

똑같은 이야길 하루에 삼백 번 이상 들으려니 짜증이 난다. 그렇기에 오는 말은 고왔지만 가는 말은 그렇지 않다.

"네, 맞아요! 다 맞습니다."

하도 짜증이 나기에 무심코 한 말이다.

말을 한 당사자는 이 말이 기폭제가 되어 대륙 전체로 소집령이 번져 갈지 몰랐을 것이다.

집결령이 떨어졌는데 가지 않으면 참수형으로 다스려진다.

그렇기에 대륙의 4서클 이상인 마법사 전원은 부지런히 짐을 쌌다. 오라니 가기는 하겠지만 언제 되돌아올지 모르는 집결이기에 만반의 준비를 하느라 그러하다.

소문은 꼬리에 꼬리를 물었다. 그렇기에 두메산골 속에 처박혀 있던 마법사들도 모두 수도를 향해 출발했다.

그렇다 하여 도보로 맥마흔까지 가는 것은 아니다. 큰 영지마다 포탈 마법진이 있기에 그곳까지만 가면 된다.

어쨌거나 마인트 대륙엔 대이동이 시작되고 있다. 유언비어가 이래서 무서운 것이다.

그런데 단순한 유언비어 때문에 이런 대이동이 시작된 것은 아니다.

로렌카 제국의 황제는 3년 전부터 공식석상에서 양위에 관한 언급을 했다. 조만간 황태자에게 황위를 물려주고 본인은 10서클에 도전하겠다는 것이다.

핫산 브리프가 맥마혼을 뒤흔든 뒤 10서클에 이르고 싶다는 욕구가 다시 강렬해진 것이다.

아무튼 수백 년 만에 양위가 이루어지는 역사적인 자리 때문에 집결령이 내린 것인지도 모른다.

그렇기에 전국 각지의 마법사들이 이동하기 시작했다. 약 40만 명이나 된다.

*   *   *

"어서 오십시오, 전하!"

"네, 요슈프 님! 오래간만입니다."

현수가 당도한 곳은 반 로켄카 전선의 일원인 화티카 왕국의 후손들이 모여 살고 있는 동굴이다.

"전엔 저희에게 베풀어주신 것에 대한 감사의 뜻도 제대로 표하지 못했습니다."

지난번 방문 때 현수는 20kg짜리 밀가루 5,000포대를 주었다. 뿐만 아니라 양파, 파, 마늘, 후추 이외에도 소뼈, 돼지 뼈 등도 상당히 많이 주었다.

늘 식량이 부족하다는 말을 들은 때문이다.

현수가 떠난 후 요수프는 세 번이나 놀랐다.

식품의 품질과 신선도 때문이다. 밀가루는 더없이 곱게 빻

아져 있었고, 야채와 축산물은 너무도 신선했다.

덕분에 모든 식솔이 배부르게 식사를 할 수 있었다.

두 번째로 놀란 건 거울과 옷, 비누, 중성세제 때문이다. 거울은 생각보다 훨씬 많은 빛을 동굴 내부로 끌어들여 훈기를 주었고, 비누와 세제의 성능은 더없이 좋았다.

가장 크게 놀란 세 번째는 항온마법진이다. 덕분에 한겨울에도 춥지 않았다.

간단한 식사 한 끼와 잠자리, 그리고 소개장 하나를 제공한 대가치고는 너무 과했으니 장본인이 떠난 후에도 제대로 감사의 뜻을 표하지 못한 것을 아쉽게 생각하고 있었다.

그런데 현수가 다시 오자 이처럼 환대하는 것이다.

"에구, 무슨 말씀을……. 괜찮습니다."

현수가 고개를 끄덕일 때 화사한 원피스를 걸친 여인이 들어선다. 요슈프의 딸 말라크이다.

23살이 된 말라크는 더욱 아름다워져 있었다.

전에는 촌스러운 포카혼타스 같은 느낌이었다. 그런데 지금은 그보다 훨씬 세련되어 보인다. 현수가 준 옷 때문이다.

마치 인도의 여배우 프리얀카 초프라(Priyanka Chopra)가 가장 아름답던 시절 같은 모습이다.

"말라크가 다시 오신 전하를 뵈옵니다."

"오랜만이군, 말라크! 많이 예뻐졌네."

현수는 무심코 한 말이다. 그런데 말라크의 얼굴이 금세 붉어진다. 몇 년이 지나도록 잊혀지지 않던 사내로부터 청찬을 들은 것이 너무 기분 좋아서이다.

"아! 네에! 감사드립니다. 그런데 전하께서 식사가 준비되려면 시간이 걸립니다. 그러니 전하께서 쉬실 방으로 안내하겠사옵니다. 소녀를 따르시지요."

"그래, 그러지."

말라크의 안내를 받아간 곳은 누가 봐도 규방이다. 그것도 말라크 본인이 쓰는 방이다. 그 증거는 전에 왔을 때 현수가 꺼내 놓았던 극세사 이불과 요이다.

"여긴 말라크의 방 같은데?"

"네! 여기선 이 방이 제일 호사스러워서요. 쉬고 계시는 동안 식사를 준비할 거예요. 뭐 필요한 거 있으세요? 참, 차 한 잔 드릴까요?"

"차? 여기도 차가 있나?"

"그럼요. 마시면 기분이 좋아지는 차가 있답니다. 잠시만 기다리세요."

말라크는 현수의 대꾸도 기다리지 않고 쪼르르 나가 버린다. 졸지에 혼자 남게 된 현수는 두리번거렸다.

바위를 파서 만든 방이다. 투박한 가구 몇 점 이외엔 별다를 게 없다. 다만 한 가지 특이한 점은 부조이다.

자세히 살펴보니 어느 가문의 역사가 시간대별로 새겨진 것 같다. 그런데 상당히 뛰어난 솜씨이다.

"흐음! 말라카가 후작가의 자손이라 했는데 요슈프 가문의 역사인가? 그나저나 거의 빌모아 일족 솜씬데?"

현수는 부조 하나 하나를 살피며 연신 감탄사를 쏟아냈다. 정말로 굉장한 솜씨였던 때문이다. 작은 부분까지도 섬세하게 묘사되어 있다.

"아! 그거 구경하세요? 아버지가 우리 왕국의 역사를 잊지 말라고 하셔서 새긴 거예요. 어때요? 보기 흉하진 않죠?"

"에에? 이게 말라크가 새긴 거라고?"

현수는 도저히 믿을 수 없다는 표정을 지었다. 말라크 같은 미인에게 이런 솜씨가 있다는 게 믿어지지 않아서이다.

"네! 부끄럽지만 그래요. 여긴 시간이 많거든요."

외부에서 식량을 구하는 시간보다 동굴 속에 머무는 시간이 더 긴 것이 이곳 사람들의 삶이다.

수시로 순찰을 도는 로렌카 제국 병사들에게 발견되면 몰살당할 수 있기에 가급적 외출을 자제한 때문이다.

"대단해! 아주 솜씨가 좋네."

"호호! 칭찬 고맙습니다. 전하! 참, 차 드셔요."

말라크는 투박한 컵을 건넸다. 질그릇에 담긴 차에선 향긋한 내음이 풍긴다.

후루룩─!

"흐으음!"

따뜻한 차가 입안에 머물 땐 단맛이 느껴졌고, 목구멍을 넘는 느낌은 부드러웠다. 내쉬는 숨과 함께 비강을 통해 빠져나가는 냄새는 말로 형용하기 어려웠다.

생전처음 느껴보는 향기인 것이다.

"이건 무슨 차지?"

"사실 차는 아니에요."

"차가 아니라고?"

"네! 저흰 차를 수확할 정도로 시간이 많지 않아요. 방금 드신 건 스위티 클로버라는 식물의 잎사귀를 뜨거운 물에 넣은 거예요. 달콤하죠?"

감초(甘草)는 한약재의 약성을 중화시켜서 우리 몸이 더 잘 받을 수 있도록 도움을 주는 것이 주요 효능이다.

한약은 쓰다는 선입견이 있는 사람들에겐 단맛 때문에 사용하는 것으로 알려져 있다.

그런데 감초에겐 다른 효능도 있다. 니코틴과 알코올의 해독을 하며, 도라지와 더덕처럼 기침 완화에도 좋다.

뿐만 아니라 각종 성인병을 예방하는 효과 및 노화 방지에도 기여한다. 이쯤 되면 왜 한약에 감초가 꼭 끼는지 충분히 짐작된다.

스위티 클로버 역시 감초처럼 달다.

그래서 이곳 사람들이 즐겨 마시는데 아르센 대륙의 쉐리 엔처럼 지천에 널려 있어 손쉽게 수확된다.

그런데 스위티 클로버는 단순히 단맛만 나는 식물이 아니다. 매우 뛰어난 해독 작용을 가지고 있는데 특히 알코올 분해에 탁월하다.

음주 전에 마시면 쉽게 취하지 않게 하고, 음주 후에는 숙취가 발생되지 않도록 한다.

장복하면 술 생각이 나지 않도록 해준다. 다시 말해 알코올 중독으로부터 쉽게 벗어날 수 있도록 돕는다.

알코올뿐만 아니라 마약류 해독에도 탁월하다.

로히피놀(Rohypnol), 케타민(Ketamin), GHB[5], 졸피뎀(Zolpidem)은 '데이트 강간 약물(Date Rape Drug)'로 악용되는 마약 및 마약성 수면유도제이다.

여성들이 마시는 음료수나 술에 섞은 뒤 제 욕심만 채우려는 나쁜 놈들이 애용한다.

스위티 클로버는 이것들에 대한 매우 신속하면서도 강력한 분해 및 해독과 배출 효능을 가지고 있다. 다시 말해 위에 언급된 데이트 강간 약물이 아무런 효과도 내지 못하게 한다.

마지막으로 스위티 클로버는 피로 회복에도 매우 좋다.

---

5) GHB(Gamma Hydroxy Butrate) : 무색무취로 음료에 몇 방울 타서 마시게 되면 10~15분 내에 효과가 나타나기 시작하여 3~4시간 지속된다. 향정신성 의약품의 하나로 '물뽕'이라고도 한다.

체내에 축적된 피로물질들을 독으로 간주하기에 매우 빠른 속도로 분해 및 배출시켜 늘 최상의 컨디션이 유지되도록 돕는 효능이 있다.

과도한 운동 후 근육이 당기거나 아픈 건 산소가 부족한 상태에서 젖산(Lactate)이 분비되기 때문이다.

이것이 세포 성장을 조절하는 단백질과 결합했을 때 산소가 부족한 상태가 되면 암세포를 키우는 역할을 한다.

스위티 클로버는 이러한 젖산 또한 강력하게 분해하는 효과가 있다. 암 발생 억제 효과까지 있는 것이다.

일련의 효과에 대해 마인트 대륙인들은 전혀 모른다.

현수 또한 모르고 있다. 방금 설명된 일련의 효능은 추후 이실리프 연구소에서 밝혀질 것들이다.

"향도 좋고, 맛도 좋은데?"

"그쵸? 가실 때 싸드릴까요?"

"나한테 싸줄 만큼 충분히 있는 거야?"

"혹시 여기 오실 때 이렇게 생긴……."

말라크의 설명을 들어보니 발길에 채이는 식물이었다. 너무 무성히 자라서 잡초로 보았던 것이다.

"저희는 스위티 클로버를……."

이곳 사람들은 입안이 텁텁하거나 입 냄새가 나면 스위티 클로버의 열매를 씹는다. 그러면 입안이 상쾌해지는 느낌이고, 구취도 사라지는 때문이다.

열매를 씹어 달콤한 맛과 그윽한 향을 느낄 때쯤이면 구강 내 세균들이 박멸되는 효과가 있기 때문이다.

이것 또한 나중에 밝혀질 일이다.

잎사귀는 차로 마시기도 하지만 출출하면 따뜻한 물에 가루를 타서 먹기도 한다. 때때로 음식에 단맛을 내기 위한 식재료로도 쓰인다.

줄기는 잘 말렸다가 밑을 닦을 때 쓴다.

"그래? 그거 아주 신통한 녀석이네."

현수는 고개를 끄덕이면서도 눈빛을 빛냈다.

이실리프 코스메틱은 듀 닥터 시리즈와 아르센의 공주, 그리고 디오나니아의 눈물로 많은 돈을 벌고 있다.

하지만 이실리프 메디슨에 비하면 조족지혈이다.

전 세계 여성들은 물론이고 남성들까지 필수품으로 인식하고 있는 쉐리엔 때문이다.

현수는 스위티 클로버를 차로 개발할 것을 고려해 보았다. 둥굴레차보다 훨씬 달고, 향도 그윽하다.

나중의 일이지만 스위티 클로버는 다양한 형태의 상품으로 개발되어 또 하나의 메가 히트 상품군을 탄생시킨다.

열매는 새로운 형태의 껌과 화장품의 원료가 된다.

껌은 구강 내 세균을 완전히 박멸시켜 구취 및 충치 발생을 억제시키는 효능을 가지고 있음이 밝혀진다.

뿐만 아니라 플라크 생성도 억제된다.

그 결과 껌으로 판매되지만 소비자들은 필수 의약품으로 인식하여 매일 두 개씩 씹는 걸 당연하게 여긴다.

껌과 치약, 그리고 칫솔과 치실 등을 구강 관련 제품을 취급하는 업체들과 치과는 매출이 급감하여 죽을 맛이겠지만 부작용 없이 구취 제거와 충치가 예방되는 껌은 열렬한 환영을 받는다. 그 효과가 너무도 확실한 때문이다.

혹자는 씹고 뱉은 껌 때문에 환경을 우려하는데 새로운 형태의 껌은 별다른 오염 없이 자연으로 돌아간다.

하여 70억 지구인 중 어린아이들을 뺀 60억이 매일 2개씩 꼬박꼬박 씹어주는 껌이 된다.

6개들이 한 갑이 300원에 출고될 경우 약 4,000억 원의 순이익이 발생된다. 1년 순이익은 146조 원이다.

이를 달러로 환산하면 약 1,327억 달러이다.

껌 하나만 팔아도 단숨에 세계 1~3위 기업의 순이익을 훌쩍 뛰어넘는 순이익이 발생된다.

화장품으로 개발된 것은 부작용 없이 모낭충을 제거하는 효능을 가졌다. 인체엔 100% 무해한 제품이다.

이것의 매출 또한 어마어마해진다.

잎사귀는 차뿐만 아니라 피로 회복제, 알코올 중독 치료제,

암(癌) 억제제, 자양강장제, 숙취해소음료, 식재료 등으로 개발된다.

당연히 껌과 비슷한 순이익을 발생시킨다.

줄기는 화장실에서 쓰는 화장지의 원료가 된다.

기존 제품보다 흡수력 및 흡취력은 강하고 더 빨리 분해되는 환경보호 상품이다.

참고로, 2015년 세계 순이익 기업 순위는 아래와 같다.

1	지나공상 은행	427억 달러	지나
2	Apple	370억 달러	미국
3	가즈프롬	357억 달러	러시아
4	지나건설 은행	349억 달러	지나
5	Exxon Mobil	326억 달러	미국
6	삼성전자	272억 달러	대한민국
7	지나농업 은행	271억 달러	지나
8	지나 은행	255억 달러	지나
9	BP	235억 달러	영국
10	Microsoft	221억 달러	미국

스위티 클로버 제품군은 이실리프 메디슨과 이실리프 코스메틱에서 생산하는데 이로 인한 순이익 규모는 세계 1~10위를 합친 것보다도 크다.

현수 본인은 현재 스위티 클로버를 만난 것이 얼마나 큰 행운인지를 알지 못하고 있는 것이다.

"전하! 여독은 풀리셨는지요?"

요슈프가 귀족 예법에 따라 정중히 허리를 숙이자 현수는 살짝 고개만 꺾었다. 망국 후작가의 후손보다는 국왕이 훨씬 높은 직위인 때문이다.

"말라크가 말동무해 주어 편히 쉬었습니다."

"식사 준비를 하였습니다. 저를 따르시지요."

"네, 그럼……!"

요슈프의 뒤를 따라가니 그의 아내 수아드가 정중히 허리를 숙여 예를 갖춘다.

"오랜만에 전하를 알현하옵니다."

"네에, 그간 강녕하셨는지요."

"전하 덕분에 잘 지냈사옵니다."

수아드와의 인사를 주고받자 요슈프가 입을 연다.

"차린다고 차렸는데 전하의 입맛에 맞을지 모르겠습니다."

요슈프와 그의 아내 수아드는 초라한 상차림이 마음에 걸리는 듯 어두운 안색이다.

지난 3년간 로렌카 제국군의 순찰은 더욱 잦아졌고, 촘촘해졌다. 하여 이곳이 발각될 뻔한 위기를 여러 번 겪었다.

그때마다 비밀 통로로 빠져나가 다른 곳으로 유인하곤 했다. 그 결과 제국군의 발길을 돌리는 것엔 성공했지만 많은 인명 피해를 입었다. 참으로 안타까운 일이다.

비단 이곳만의 상황은 아니다.

수도 인근 테라카에 머물고 있는 마일티 왕국 공작가의 후손 헤럴드 폰 하시에라가 이끄는 일족 역시 같은 일을 겪고 있다. 천험의 절지라는 그곳까지 로렌카 제국군의 발길이 닿은 까닭이다.

이 모든 일은 핫산 브리프 때문이다.

10서클 마법사이기에 반 로렌카 전선의 일원은 아니라는 판단이 내려졌지만 그래도 몰라 순찰 횟수 및 인원을 대폭 늘린 결과이다.

그 결과 반 로렌카 전선은 잔뜩 웅크리고 있다. 제국의 병사 또는 마법사들과 부딪치면 손해인 때문이다.

하여 가급적 외부 활동을 줄이고 내실을 다지는 중이다. 말라카가 벽에 부조를 새긴 것도 그런 이유 때문이다.

외부 활동이 줄어들었다 함은 식량 조달에도 문제가 생긴다는 것을 의미한다. 농사를 지을 수 없는 상황이므로 채취와 수렵만으로 식생활을 해소해야 한다.

현수가 남기고 간 밀가루는 아주 든든한 심적 버팀목이었다. 그런데 이곳에 사는 인원은 2만 1,000여 명이다.

제국군에 의해 1,000여 명이나 희생당했지만 인구는 여전 2만 1,000여 명이다. 외부 활동이 적다 보니 출산율이 높아진 결과이다. 밀가루 5,000포대를 똑같이 배분한다면 약 4명당 1포대이다. 먹으면 또 얼마나 오래 먹겠는가?

최대한 아껴서 나눠줬지만 밀가루는 금방 떨어졌다. 그날 이후 이곳 사람들은 '가난의 행군'을 하는 중이다.

외부 순찰을 도는 인원들을 제외하곤 하루에 한 끼만 식사를 한다. 그래서 그런지 식탁이 형편없다.

이곳 사람들에게 있어 현수는 귀빈 중의 귀빈이다. 한 나라의 국왕이며 마탑주이니 어찌 안 그렇겠는가!

그럼에도 차려놓은 음식을 보니 멀건 스튜와 작은 스테이크 하나가 전부이다. 어린아이 주먹만 한 빵도 하나 있다.

이 밖에 있는 거라곤 맑은 물 한 잔뿐이다.

"차린 게 너무 없죠?"

"…늘 이렇게 먹습니까?"

"네! 제국군 병사들의 순찰이 강화되어……."

모든 설명을 들은 현수는 아공간에 있던 밀가루 등 식재료들을 아낌없이 꺼내놓았다.

라면공장 창고에 무지무지하게 많이 있었기에 20,000포대나 꺼내놓았음에도 여전히 많이 남아 있다.

이 밖에 신선한 야채와 채소, 그리고 다른 식재료들도 꺼냈다. 마지막은 라면이다. 10만 봉지 정도를 꺼내주었다.

"당분간은 이것으로 버텨보십시오. 조만간 살맛 나는 세상이 올 겁니다."

"살맛 나는 세상이요? 정말 그런 날이 진짜 올까요?"

요슈프는 동의하지 않는 눈치이다.

로렌카 제국군과 마법병단이 너무 강하여 웬만해선 그들을 물리치거나 깰 수 없음을 누구보다도 잘 알기 때문이다.

"네! 꼭 올 겁니다."

현수의 확신에 찬 표정을 읽은 요슈프는 이실리프 왕국군의 대대적인 상륙을 떠올렸다.

"아, 그럼! 이실리프 왕국군이 오는 건가요?"

이해된다는 듯 고개를 끄덕이는 요슈프를 본 현수는 자리에 앉아 스튜를 한 스푼 떠서 입에 넣으며 대꾸했다.

"왕국군이요?"

"네! 전하, 전하의 군대가 상륙하는 겁니까?"

"글쎄, 딱히 왕국군이라 하긴 좀 그렇지만 아무튼 그보단 더 센 녀석들이 올 거라고 생각하면 됩니다."

"감사드립니다. 드디어 마인트 대륙도 살맛 나는 세상이 되겠군요."

요슈프는 진심을 담아 허리를 숙였다.

흑마법사들에 의해 억압받고 핍박당하는 마인트 대륙인들을 위해 이실리프 왕국의 국왕이 친정했다 생각하니 왜 안 그렇겠는가!

지난번 만남은 3년 전의 일이다.

그때 현수는 마인트 대륙을 돌아보았고, 이실리프 왕국으로 돌아가 착실하게 군비 확장을 거듭한 결과 드디어 징치에 나선 것으로 이해한 것이다.

"전하! 로렌카 제국을 멸망시킨 뒤 이실리프 제국이 들어서도록 제게 충성할 기회를 주시겠습니까?"

"그게 무슨……?"

현수가 대꾸하지 요슈프가 무너지듯 주저앉으며 무릎을 꿇는다. 한쪽만 꿇은 게 아니라 양쪽 다 꿇었다.

그리곤 정중히 고개 숙이며 외친다.

"저, 요슈프 폰 화티카는 전하께 충성을 다하는 신하가 되고 싶습니다. 간악한 로렌카 제국을 칠 때 신과 신의 병사들이 선봉에 설 수 있도록 허락해 주십시오."

이실리프 제국이 마인트 대륙 전체를 장악할 때 개국공신이 될 기회를 달라는 뜻이다.

어느 나라든 건국 이후 그간의 공과를 따져 합당한 작위가 내려지는데 공이 클수록 높은 작위를 받는다.

선봉의 경우는 한 등급 더 위의 작위를 내리는 것이 관례이다. 최전방에서 전투를 벌인 것이니 당연한 일이다.

요슈프 가문은 망해 버린 화티카 왕국의 왕족이었다.

가문의 창시자는 국왕의 아우라 대공위를 받았는데 세월

이 흐르면서 차츰 작위가 낮아져 후작에 이른 것이다.

"이실리프 제국?"

"네! 간악한 흑마법사 무리들이 이끄는 로렌카 제국은 멸망당해 마땅하옵니다. 부디 그들을 물리치고 이 땅에 이실리프 제국을 건국해 주십시오."

"……!"

현수는 한 번도 생각보지 않은 이야기에 잠시 말을 끊었다. 원래의 목적은 4서클 이상인 흑마법사들의 궤멸이다.

백마법사의 수장으로서 당연한 일이다. 그들을 제거하고 나면 즉시 떠날 생각이었다. 그런데 요슈프의 이야길 듣고 보니 심각한 문제가 우려된다.

로렌카 제국이 멸망당한 후 반 로렌커 전선으로 연대하고 있던 200여 세력은 이전의 왕국을 재건하려는 움직임을 보일 것이다. 워낙 넓은 대륙인지라 인종도 다를 수 있고, 언어도 상이할 수 있다.

당연히 풍습 또한 각각일 것이다.

서로 더 넓은 영토를 차지하려는 움직임을 보일 경우 심각한 충돌이 우려된다.

지난 몇백 년 동안 흑마법사들의 핍박을 받으며 서로의 어려움을 함께 느끼며 연대했던 이념은 사라질 것이다.

누가 더 넓은 영토를 차지하느냐로 생각의 방향이 바뀔 것이기 때문이다. 그로 인해 충돌이 빚어질 경우 마인트 대륙은 또 한 번 피로 물들 것이다.

인간의 탐욕은 끝이 없기 때문이다.

'흐음! 이곳도 통치해야 한단 말인가?'

강력한 중앙통치 세력이 있다면 내심으로 반발할 수도 있겠지만 겉으론 그런 표현을 하지 못할 것이다.

그러는 사이에 서로가 융합할 수 있는 여건과 분위기를 조성해 주면 별 탈 없는 연착륙이 가능하다.

'그런데 제국이 아니라 왕국이 되어야 하네.'

제국은 황제가 다스리는 국가이고, 황제는 제국의 세습 군주의 존호이며, 작위 중 지존의 작위이다.

제국은 문화적, 민족적으로 전혀 다른 영역과 구성원에게까지 통치권이 확장되어 있는 국가를 가리킨다.

경제력, 정치력, 그리고 군사력으로 주변 왕국에 대한 확실한 장악권을 가지고 있음을 의미한다.

자치권을 가진 다수의 왕국이 존재할 경우 왕국간의 암투가 예상된다.

이를 제지하는 가장 좋은 방법은 직접 통치하는 것이다.

공, 후, 백, 자, 남작으로 작위를 내리고 이들을 직접 지배하면 암투가 훨씬 줄어들 것이다. 여기에 촘촘하게 짜여진 강력한 법규가 있다면 더 좋을 것이다.

　현수가 상념에 잠겨 있을 때 지구 곳곳에선 의외의 결과를 빚어낸 한일전으로 인한 긴급회의가 벌어지고 있다.

　그중 하나인 백악관에도 여러 사람이 모여 있다.

　대통령을 비롯하여 부통령과 국무장관, 그리고 외무장관과 국방장관 등이 배석해 있다.

　이 밖에 미국의 정보기관인 국가정보장(DNI), 중앙정보부(CIA), 국가안전보장국(NSA), 국가정찰국(NRO), 국토안보부(DHS), 연방수사국(FBI)의 수장들도 함께하고 있다.

　모두가 심각한 표정이라 모두의 앞에 놓인 커피에 손을 대는 이는 하나도 없다.

　가장 먼저 입을 연 것은 긴급 회동을 지시한 대통령이다.

CHAPTER 04
비상회의

"국방장관! 이게 정말 가능한 일이었소?"

"그게… 저희도 놀라는 중입니다."

제임스 포레스탈 미국 국방장관은 고개를 설레설레 흔든다. 자신들이 가진 정보와 실제가 너무 달라서 판단 기준마저 모호해진 느낌 때문이다.

이때 대통령은 존 캐리 외무장관에게 시선을 준다.

"외무장관! 한국이 우리 핵무기를 파악하고 있다고 했소?"

"그렇습니다. 놀라운 건 우리가 실전 배치한 핵무기의 숫자가 아니라 호주 파인갭 기지에 감춰놓은 것까지 알고 있다는 겁니다."

존 캐리의 답변에 대통령은 즉각 제임스 포레스탈에게 시선을 돌린다.

"국방장관! 진짜 그곳에 핵무기 4기가 있소?"

대통령의 시선을 받은 국방장관은 침중한 표정으로 고개를 끄덕인다.

"그렇습니다. 10메가톤급 ICBM 4기가 배치되어 있는 건 확실합니다."

지난 수년간 국방부에선 전략 핵무기를 전면 재배치했다.

지나의 스파이들이 기존 발사기지에 관한 정보를 빼갔다는 첩보를 입수한 때문이다.

그 결과는 아직 대통령까지 보고되지 않았다. 완료되지 않았기 때문이고, 그만큼 최근에 일어난 일이기 때문이다.

가장 최근에 배치한 것이 파인갭 기지의 핵무기들이다. 그런데 한국이 정확히 파악하고 있다고 한다.

"끄응!"

힐러리 로댐 클린턴(Hilary Rodham Clinton) 미국 대통령은 침중한 표정을 지으며 소파 등받이에 등을 기댄다.

남의 나라에 왜 핵무기를 배치했느냐가 문제가 아니라 어디에서 정보가 샌 건지가 중요한 때문이다.

그간의 행태를 보면 한국이 스파이를 파견하여 직접 정보를 획득한 것은 분명히 아닐 것이다.

대한민국을 이끌던 역대 대통령의 성향은 대부분 친미였다. 코마 상태에 빠져 있는 현직 대통령은 그중에서도 두드러지는 친미 인사이다.

따라서 자신들이 비빌 언덕으로 여기고 있는 미국을 상대로 스파이전을 벌이진 않았을 것이다.

그리고 한국은 그럴 만한 역량도 없는 찌질한 국가이다.

국가정보원이라는 것이 있지만 자국 보호를 위한 대외정보 획득보다는 정치인 또는 주요 인사들을 사찰하는 데 역량을 기울이는 집단인 때문이다.

다시 말해 국정원은 본연의 임무 대신 정권의 하수인이 되어 국내 민간인 사찰과 정보 조작에 몰두해 있다.

2012년 대선 관련 댓글 조작 시도와 2015년 민간인 감청을 위한 해킹프로그램 도입 사건을 꼽을 수 있다.

이는 사건 특성상 확실하게 규명된 것은 아니다.

그렇기에 자신들은 아니라며 극구 부인하지만 대다수 국민은 그럴 개연성이 충분하다는 사건들이다.

어쨌거나 힐러리는 한국이 직접 미국의 핵무기 정보를 얻었다는 것을 아예 논외로 생각하고 있다.

한국의 국정원은 그럴 깜냥조차 되지 못할 지리멸렬한 집단이라는 평가를 내린 때문이다.

하여 힐러리 로댐 클린턴은 핵무기 발사기지에 관한 정보를 지나 또는 러시아로부터 얻었을 것이라 생각하고 있다.

그런데 러시아보다는 수없이 많은 스파이를 파견하는 지나일 확률이 매우 높다.

러시아와 한국이 가까워지기는 했지만 이런 정보를 제공할 정도는 아닌 때문이다. 반면 지나인들의 음흉함은 타의 추종을 불허하니 이런 추측엔 오류가 없다는 생각이다.

"앞으로 지나인 또는 지나에서 온 이민자들에 대한 경계를 더욱 강화해야겠습니다."

"알겠습니다."

힐러리의 말에 답변한 이는 CIA와 FBI의 수장들이다.

누구나 지나를 경제대국이라 칭하지만 군사력은 세계 최고가 아니다. 지나가 이를 달성하기 위해 택한 것은 세계 최강인 미국의 첨단기술을 훔치는 것이다. 분명한 범죄행위이지만 이를 당연하다 여기는 것이 문제이다.

그래서 상당히 많은 스파이가 미국에서 암약하고 있다.

이들은 수단과 방법을 가리지 않고 첩보 획득에 열을 올리고 있다. 그 과정에서 불법적이며, 비인도적인 일도 마다하지 않는다. 따라서 잠재적 적국인 지나에 대한 미국의 시선이 고울 리 없다.

게다가 지나인들은 브로커 등을 통해 출입국 기록을 조작하는 방법 등으로 비자를 발급받는 일이 많다.

이런 방법으로 세금을 탈루하는 일은 일상사나 다름없을 정도이다. 게다가 원정 출산 숫자도 상당하다.

2014년에만 4만 명의 지나인이 미국에서 원정 출산하여 미국 국적을 취득했다. 속지주의[6] 때문이다.

힐러리 로댐 클린턴은 고개를 좌우로 저었다. 지나인들을 생각하면 치가 떨리는 때문이다.

지난 대선 때 힐러리는 지나의 은밀하면서도 적극적인 대선 개입 때문에 막판 혼전을 경험했다.

초판 판세는 누구나 본인의 압도적인 승리를 점칠 정도였는데 혹시라도 패배하면 어쩌나 하는 생각을 할 정도까지 몰렸던 것이다.

그러다 막판에 누군가로부터 정보가 전해졌다. 지나가 이번 대선에 개입하여 힐러리를 낙선시키려는 의도가 있다는 내용이다. 이것이 보도되자 투표인단의 성향이 급변하였다.

그 결과 기사회생하여 미국 대통령이 된 것이다.

당선이 확정된 후 힐러리는 정보 제공자에 대한 신원 파악을 지시했지만 대선 캠프의 어느 누구도 알아내지 못했다.

혼전에 혼전을 거듭하며 엎치락뒤치락할 때 불쑥 전해진 정보였는데 너무도 중대한 사안이었는지라 확인 절차보다도

---

6) 속지주의(屬地主義, territorial principle) : 사람에 대한 효력 범위를 결정하는 법의 태도로, 자국 영역을 기준으로 삼는다.

유세 중인 힐러리에게 전하는 것이 급선무였던 때문이다.

어쨌거나 그 정보 덕에 당선이 확정된 것을 힐러리는 물론이고 대선 캠프도 알고 있다. 당연히 사례를 하여야 할 일이기에 은밀한 조사가 실시되고 있는 상황이다.

지나에 대해 반감을 가진 사람이라는 것만은 분명하다.

'흐음! 지나에 대한 고삐를 확실하게 틀어쥐지 않으면 미국의 위상이 흔들릴 테니 반드시 그래야겠어.'

힐러리는 본인의 다이어리에 지나를 어찌 다룰 것인지에 관한 내용을 메모했다. 이때 국방부 소속 정보기관인 미국 국가안전보장국 키스 알렉산더 국장이 입을 연다.

"각하! 현재 NSA의 모든 요원이 총동원되어 정보 출처를 파악하는 중입니다."

"누가 그랬는지 잡을 수는 있겠습니까?"

메모를 마친 힐러리는 알렉산더를 바라보며 묻는다.

대선 때 기여한 바가 커서 중요한 자리에 앉혀놨는데 영 미덥지 않은 때문이다.

"그럴 겁니다. 현재 한국계 전원에 대한 내사가 실시되는 중이니까요. 누가 스파이인지는 곧 밝혀질 겁니다."

"꼭 잡아내야 합니다. 그런데 한국계는 아닐 거라 생각합니다. 왜냐하면……."

잠시 힐러리의 생각이 의논되었다. 그 결과 한국에서 지나로 조사 방향이 선회되었다.

"대통령님의 말씀에 동의합니다. 지시대로 방향을 바꿔 조사토록 할 터이니 너무 심려치 마십시오."

힐러리는 고개를 끄덕였다. 하지만 찌푸려진 이맛살이 펴진 것은 아니다.

'어이구, 저런 딸랑딸랑! 저런 걸 NSA 수장에 앉히다니…… 기회가 되면 얼른 갈아치워야겠어. 안 그러면 나도 다이어리 프린세스라는 오명을 뒤집어쓸지도 몰라.'

힐러리는 한때 세상의 조롱을 받았던 어느 여성 정치인을 떠올렸다.

오로지 권력만 탐하는 탐욕스런 자들 덕분에 아무런 정치적 식견이나 정치력도 없음에도 권좌에 앉았던 여인이다.

그녀가 대통령이 된 후 임기 동안 수행한 일들을 보면 한심 그 자체이다. 발전에 발전을 거듭하던 나라가 갑자기 수십 년은 퇴보한 듯 엉망진창으로 돌아갔다.

민주주의는 훨씬 더 퇴보하여 1970년대로 돌아갔다.

그녀의 고집 때문에 뻔히 보이는 길도 돌아서 가야 했다. 당연히 많은 시행착오가 빚어져 국가의 손실이 컸다.

전염병이 돌았을 때엔 국가수반으로서 적절한 조치를 취해야 했음에도 불구하고 내 책임이 아니라는 말만 했다.

그 결과 상당히 많은 인명 피해가 났다. 덕분에 각종 경제

지표가 나날이 나빠졌지만 그걸 알아차리지도 못 했다.

그녀가 임명한 경제를 총괄할 수장은 고집만 세고, 안목도 없는 자여서 침체의 늪을 빠져나오지 못했다.

결국 헛발질만 거듭하다 물러났다.

그렇게 나라를 엉망진창으로 만들던 그녀는 임기를 약 1년 앞둔 어느 날 탄핵 소추가 되어 권좌에서 불명예스럽게 내려왔다. 참다 못 한 국민들이 일어나 강력하게 탄핵을 요구한 결과이다.

그때의 지지율은 9% 미만이었고, 거의 모든 국민으로부터 무식하고 무능하다는 조롱을 받았다.

오죽하면 자동차들마다 주유구 입구에 그녀가 벌거벗은 채 가랑이를 벌리고 있는 스티커가 붙은 정도였겠는가!

역사상 최초로 탄핵으로 권좌에서 내려온 여성 정치인인 그녀의 별명은 다이어리 프린세스이다.

특정한 다이어리가 있어서라 아니라 자신이 권좌에 오르는 동안 온갖 알랑방귀를 뀐 인사들을 맞지도 않는 자리에 앉힌 때문이다.

그들의 공통점은 탐욕, 무능, 고집, 부패, 권위 등이라 할 수 있다. 다시 말해 대가리에 똥밖에 안 든 새끼들을 높은 자리에 앉혀 온갖 불편부당한 일이 빚어지도록 했다.

그래서 다이어리 프린세스라 불린 것이다.

사실 프린세스라는 말은 대단히 과분한 말이다.

그 여성 정치인에겐 교양, 예절, 고상, 우아, 미모라는 말이 전혀 어울리지 않는다.

그럼에도 본인이 대단한 미모를 가진 것으로 착각하고 카메라 앞에 설 때마다 웃음을 짓는다.

이를 본 대다수의 국민들은 채널을 바꾸거나 인상을 찌푸렸다.

어쨌거나 힐러리는 그 여성 정치인과 같은 전철을 밟기 싫다. 그러려면 대선캠프에서 애쓴 자들에 대한 평가를 다시 해야 한다.

눈앞의 키스 알렉산더는 스스로 영리하다 생각할지 모르지만 시야가 좁다. 이런 자는 아집이 강하여 잘못된 정책을 수립하거나, 타인에게 불편을 끼칠 확률이 매우 높다.

하여 들고 있던 다이어리에 K.A.F라 메모했다. 키스 알렉산더 해고라는 의미의 이니셜이다.

'훗! 그러고 보니 나야말로 다이어리를 끼고 사는구나.'

힐러리는 내심 실소를 금치 못했다.

그럼에도 표정의 변화가 거의 없다. 중요한 회의석상이지 대통령으로서 근엄함을 보여야 하는 때문이다.

그렇기에 무표정한 얼굴로 다시 허리를 곧추세웠다.

"외무장관! 한국이 스텔스 미사일을 가졌다고 했어요?"

"그렇습니다. 윤성우 대사가 분명히 그리 말했습니다."

모두의 표정이 더욱 침중해진다. 스텔스 미사일은 미국에도 없는 물건인 때문이다.

"흐음, 누가 스텔스 미사일에 대해 설명해 주겠소?"

대통령이 좌중을 둘러보자 국방장관이 입을 연다.

"레이더로 식별 불가능한 미사일이 스텔스 미사일입니다."

"듣기론 F—35A 40대가 격추당했다는데 그 전투기들도 레이더로 식별 불가능한 스텔스기가 아닌가요?"

"맞습니다. F—35A는 레이더에 잡히지 않습니다."

"그런데 어떻게 한국이 F—35A를 격추시킨 거죠?"

힐러리의 궁금증은 국방장관이 풀어주었다.

"저희가 파악한 바에 의하면 한국은 새로운 형식의 레이더를 개발한 것으로 짐작됩니다."

"새로운 형식의 레이더요?"

"네! 그래서 스텔스기인 F—35A를 요격할 수 있었던 것으로 짐작하고 있습니다."

힐러리는 국방장관에게 시선을 준다.

"짐작이라고요? 확인된 정보는 아니라는 거죠?"

"그, 그렇습니다."

"그럼, 한국에서 그런 걸 만들어낼 때까지 대체 무엇을 하셨습니까?"

대통령의 질책을 들은 각부 장관 및 정보기관 수장들은 나직한 침음을 낸다. 할 말이 없는 것이다.

"끄응……!"

"나는 우리 미국이 세계 최고의 기술력을 가진 나라라고 생각합니다. 그런데 레이더는 아니군요. F—35뿐만 아니라 F—22도 한국에겐 손쉬운 먹잇감에 불과하겠습니다."

"그게……."

CIA 국장이 뭐라 말을 꺼내려 하자 힐러리뿐만 아니라 모두의 시선이 집중된다.

"말해보세요."

대통령의 채근을 들은 CIA 국장 에모리 스튜워드는 좌중을 둘러본 후 입을 연다.

"지난 정권 때 록히드 마틴 비밀연구소와 Area—51, 그리고 NASA와 파인갭 등이 누군가의 침입을 받은 거 아시죠?"

모두가 고개를 끄덕인다. 일련의 사건을 감추기 위해 극도로 쉬쉬하던 때가 있었던 때문이다.

그와 동시에 모든 첩보기관이 총동원되어 원인 분석은 물론이고, 누구의 범행인지를 밝히려 전력을 기울였다.

너무도 큰 손실을 입은 때문이다.

네바다주 사막 한복판에 자리 잡은 Area—51에선 비밀리에 연구 중이던 UFO들이 모두 사라졌다.

그리고 이 기지의 모든 컴퓨터에는 치명적인 바이러스가 담긴 USB가 꽂혀 있었다. 10초에 한 번씩 모든 파일에 대한 덮어쓰기가 진행되는 것이었다.

본체 뒤쪽에 꼽혀 있는 이것 때문에 모든 컴퓨터가 포맷되었다. 애를 써봤지만 자료 복구는 불가능했다.

수만 번이나 덮어쓰기가 되는 과정에서 하드디스크 자체에 손상이 발생된 때문이다.

조사한 바에 의하면 USB는 일본산이고, 바이러스는 지나에서 만들어진 것이다. 현재까지 이것에 대한 조사가 진행되고 있지만 아직 결론 난 것은 아무것도 없다.

오스트레일리아 중부 사막지대 엘리스스프링스 남서쪽에 위치한 파인갭에선 플라즈마포가 통째로 사라졌다. 아울러 컴퓨터 본체도 몽땅 사라졌다.

적어도 100명 이상의 인원과 중장비가 동원되어야 일어날 수 있는 사건이다. 그런데 CCTV를 아무리 살펴봐도 침입자의 흔적은 발견할 수 없었다.

사건 직후부터 현재에 이르기까지 상당히 많은 인원과 비용을 들여 범인을 찾아내고 추적하려는 노력을 기울였지만 아무런 성과도 없다.

현재 파인갭은 복구되어 감청 작업을 하고 있지만 프라즈마 포는 없다. 미국의 기술력으로도 제작 불가능한 외계 문명의 결과물인 때문이다.

NASA에서도 기밀서류가 사라졌고, 컴퓨터의 하드디스크는 복제된 것이 의심된다.

영국 요크셔 지방의 초원 위에 자리 잡은 멘위드 힐에서도 일이 벌어졌다.

이곳의 공식 명칭은 RAF(영국 공군 소속 작전기지)로 알려져 있지만 실제로는 미국 국가안보국 NSA의 영국 지부이며, 약 71만 평에 달하는 땅은 미국의 영토나 다름없다.

이곳에선 광범위한 감청 작업이 진행되고 있었다. 그러던 어느 날, 출처 미상인 고압전류에 의해 모든 컴퓨터가 망가졌다. 회로가 몽땅 타버려 수리 불가능한 고철이 된 것이다.

그날의 일기는 매우 청명했고, 습도 또한 낮았다.

단 하나의 낙뢰로 보고되지 않은 그날, 실내에 있던 모든 전자기기가 먹통이 되어버렸다.

누군가에 의한 EMP[7] 공격이라는 판단을 내리고 광범위한 수사를 벌였지만 아직까지도 미궁에 빠져 있다.

록히드 마틴 비밀연구소에선 누군가에 의한 하드디스크 복사 사건이 빚어졌다. 경비들이 총동원되어 총격까지 벌였지만 범인이 누군지 알아내지 못했다.

당시 복사된 기술은 록히드 마틴이 야심차게 준비하던 차

---

7) EMP(Electromagnetic pulse) : 전자장비를 파괴시킬 정도의 강력한 전기장과 자기장을 지닌 순간적인 전자기적 충격파.

기 프로젝트 'N+2 jet'가 유출된 것이다.

이는 시속 1,900㎞인 80인승 초음속 여객기 개발사업이다. 당연히 광범위한 기술이 적용된다.

이것엔 록히드 마틴이 보유한 첨단기술 거의 전부가 적용되었는데 그 모든 기술이 몽땅 유출된 것이다.

일련의 사건 중 어느 것 하나라도 언론에 의해 밝혀지면 시끄러울 일이기에 오바마 정권은 이를 감췄다.

하지만 힐러리를 비롯한 수뇌부들은 이를 알고 있다. 이들 또한 이전 정부의 핵심 인사였던 때문이다.

그렇기에 CIA 국장의 말에 모두가 침음만 내고 있다.

"아무튼 한국은 우리의 스텔스기도 포착해 낼 수 있는 뉴타입 레이더를 가졌고, 스텔스 미사일 또한 보유하고 있는 것으로 여겨집니다."

힐러리의 말이 끝나자 모두의 고개가 끄덕여진다.

일본 2함대와 3함대는 물론이고 전투기 80대와 잠수함 6대, 그리고 대잠 헬기, 조기경보기, 공중 급유기가 변변한 힘 한 번 못 쓰고 궤멸당한 결과가 있기 때문이다.

"보고에 의하면 한국은 우리의 핵무기도 요격하는 기술을 개발한 것 같습니다."

힐러리의 말이 끝나자 외무장관 존 캐리가 대꾸한다.

"맞습니다. 윤성우 대사는 우리가 핵무기를 투사해도 좋다고 했습니다. 그러면서 말하길 기왕 쏠 거면 우리가 가진 걸 다 쏘라고 하더군요."

"뭐요? 우리가 보유한 핵무기 전부를 쏘라구요?"

국방장관이 놀랍다는 표정을 짓자 외무장관 존 캐리는 또 한 번 크게 고개를 끄덕인다.

"네! 우리가 실전 배치한 3,844개 전부를 쏘라더군요. 파인 갭 기지 지하에 있는 4기를 포함한 숫자입니다."

"그럼, 우리가 그걸 쏘면 한국이 요격한다는 겁니까?"

국방장관은 별 농담을 다 한다는 표정을 짓는다.

"네! 분명히 그랬습니다. 그걸 다 쏴보라고 하더군요. 한국이 어떻게 요격하는 건지 보여주겠다고 했습니다."

존 캐리의 말이 끝나자 모두의 입가에 조소가 어린다.

"미친……! 한국엔 그런 기술이 없습니다. 그건 분명 허풍일 겁니다."

"맞습니다. 말도 안 되는 뻥이지요."

"제 생각도 그러합니다. 한국이 발전된 국가인 것은 인정하지만 변변한 고고도 미사일 방어체계도 없이 탄도미사일을 어찌 막겠습니까?"

"그러게요. 뻥도 아주 대단한 뻥입니다. 외무장관께선 그걸 믿으신 모양입니다. 하하하!"

누군가의 말에 동조한 국방장관은 너무 어이가 없어서 대꾸할 가치조차 없다는 표정이다.

이때 존 캐리가 다시 입을 연다.

"그럼, 핵무기를 자기네 나라에 대고 쏴보라는 농담을 하는 외교관이 있을까요?"

존 캐리의 시선을 받은 국방장관은 고개를 갸웃거린다.

이런 건 농담으로도 해선 안 될 말이라는 걸 누구보다도 잘 알기 때문이다.

"그건……!"

국방장관이 고개를 갸웃거릴 때 NSA의 수장 키스 알렉산더가 끼어든다.

"어쩌면 정말 그런 기술을 가졌을지도 모릅니다."

"으잉……?"

이 자리에 있는 사람들 대부분은 한국에 대해 잘 알고 있다. 한국이 본받을 만한 나라이거나, 기술력이 매우 뛰어나 타에 모범될 만한 국가여서가 아니다.

한국은 늘 멍청한 지도자를 뽑는 나라이다. 그리고 친미주의자가 득실거리는 국가이다.

하여 뜯어먹기 좋은 잘 익은 소갈비 같은 나라이다.

빨대만 꽂으면 언제든 단물을 쪽쪽 빨아먹을 수 있는 나라이니 모를 수가 없다.

아무튼 한국엔 뛰어난 인재가 많다.

그런데 이를 활용할 줄 모른다. 게다가 한국 사회는 천재를 둔재로 바꾸는 놀라운 재주를 가졌다.

미국 같으면 그 천재를 잘 활용하여 기술 발전에 크게 기여케 하거나 새로운 상품을 개발할 수 있도록 온갖 여건을 조성해 준다.

그런데 한국은 아무리 뛰어난 두뇌를 가진 사람이라 할지라도 사회의 틀에 끼워 넣고 그 안에서 적응하라고 강요한다. 그리고 그걸 견디지 못하면 미련 없이 내쫓는다.

오죽하면 아인슈타인이 한국에서 태어났으면 짜장면 배달을 한다고 하겠는가!

수학과 물리 문제는 귀신같이 풀어내지만 다른 과목의 내신이 10등급이라 대학은커녕 고등학교도 간신히 졸업할 것이기 때문이다.

발명왕 에디슨은 편의점 알바를 전전할 것이다.

수없이 많은 발명을 해도 특허청에선 서류가 빠졌다, 규정에 없다는 등의 핑계로 특허를 내주지 않을 것인 때문이다.

퀴리 부인은 못생긴 얼굴 때문에 취직을 못 해 백조 신세로 보내고 있을 것이다. 아무리 똑똑해도 얼굴이 안 받쳐 주면 취직하기 힘든 나라인 때문이다.

실제 예를 들자면, 옥수수 박사라 불리는 옥수수 육종학의 세계적 권위자 김순권 교수를 꼽을 수 있다.

그는 미국이 55년간 연구해 만들어낸 옥수수 교잡종(하이브리드)을 불과 5년 만에 개발해 냈다.

개발도상국에선 개발이 불가능하다던 일이다.

그런데 수입업자들과 결탁한 한국의 관료들은 이 품종의 재배를 극렬 반대했다.

한국 땅에선 안 된다는 것이다.

하지만 그의 발명품 '수원 19호'는 강원도 옥수수 농사를 완전히 바꿔 놓았다. 아울러 아프리카와 아시아, 그리고 중남미에 충격파를 던졌다.

아프리카 농업을 폐농 지경으로 몰아간 잡초 스트라이가(Striga)와 옥수수 위축바이러스[8] 문제를 해결한 때문이다.

그 결과 '농업혁명'을 일으켰다는 찬사와 함께 노벨평화상과 노벨생리학상 후보에도 여러 차례 올랐다.

그는 옥수수를 통해 남북관계에도 중요한 영향을 끼친 바 있다. 그런데 지금은 지나에 머물고 있다. 국내에서 홀대한 천재 과학자를 지나가 잽싸게 가로챈 것이다.

어쨌거나 국내 관료들은 이런 천재를 알아보지 못했다. 모조리 한직으로 발령 내거나 해임, 또는 파면이 마땅하다.

미국은 한국의 이러한 상황을 꿰고 있다.

한국의 공무원 중 일부는 무능력하고 안목이 없다.

---

8) 옥수수 위축바이러스(MDMV) : 옥수수 생산량을 5~10% 정도 감소시키는 바이러스. 심한 경우엔 더욱 현저한 손실을 가져올 수 있다.

그리고 공직사회는 무사안일과 복지부동, 그리고 부정부패와 독직이 팽배해 있다.

공무원들이 이러니 미국에게 있어 한국은 언제라도 등 칠 수 있는 봉일 뿐이다. 따라서 한국에선 핵무기를 요격할 수 있는 기술을 개발했을 리 없다.

그럼에도 키스 알렉산더가 어쩌면 한국이 그 기술을 보유하고 있을지 모른다는 발언을 한 것은 극히 일부 한국인들의 천재성을 염두에 둔 때문이다.

"한국이 그 기술을 가졌을 수도 있다니 그게 무슨 말입니까? 근거가 있는 발언인가요?"

"확실한 근거는 없습니다. 다만 이번 한일해전의 전 과정을 보면 어쩌면 그런 기술을 가졌을 수도 있다는 거지요."

"근거가 없음에도 그런 추측을 한다는 말인가요?"

냉소적 표정을 지은 국방장관의 발언이다.

"그렇습니다. 이번 한일해전에서 한국은 별다른 피해 없이 일본의 2함대와 3함대를 완전무결하게 박살냈습니다."

"그거야 한국이 가진 스텔스 미사일 때문이 아닙니까?"

"그리고 막 자세 제어에 들어갔던 조기경보기와 제공 전투기들까지 격추되었지요."

"그건… 아!"

일본의 조기경보기는 F—15K와 FA—16으로 격추시키기 힘든 고고도에 있을 때 격추당했다. 이것을 호위하는 4대의 제공 전투기가 있었음에도 벌어진 일이다.

문제는 한국이 보유한 F—15K에 장착된 레이더 탐지거리 바깥에 있었음에도 그렇게 되었다는 것이다.

이는 한국에 뭔가 새로운 기술이 있음을 의미한다.

"어쩌면 한국이 기존에 없던 요격 시스템을 갖추고 있는지도 모르겠습니다. 물론 확인해 봐야 할 사항입니다."

국방장관의 입에서 나올 말이 외무장관 입에서 나오자 힐러리는 국방장관을 잠시 쩨려본다.

"당장 확인을 지시합니다."

"네, 알겠습니다."

힐러리의 시선을 받은 CIA와 NSA 국장 등이 얼른 고개를 끄덕이곤 들고 있던 패드에 지시사항을 입력한다.

다들 표정이 심각해졌다.

늘 하찮게 여기던 한국이 급부상하는 순간이다.

CHAPTER 05
그게 말이 됩니까?

　"참, 한국이 전작권 회수를 요구했다는 보고서를 봤습니다. 그건 뭐죠?"

　"아, 그건 말이죠. 윤성우 대사를 만났을 때……."

　잠시 존 캐리 외무장관의 발언이 이어졌다. 힐러리는 이야기를 들으며 계속 뭔가를 메모했다.

　"주한미군의 주둔 의미가 사라졌으니 철수하든지 SOFA를 개정하라는 말 잘 들었습니다. 이에 대한 여러분의 의견을 듣고 싶습니다."

　힐러리의 말이 떨어지자 얼굴이 벌겋게 상기된 국방장관

이 입을 연다. 그런데 말끝을 제대로 맺지 못한다.

"한국이 어찌… 한국 따위가 어찌……!"

얼마나 화가 났는지 주먹 쥔 손이 부르르 떨리고 있다. 그러거나 말거나 힐러리는 다이어리를 힐끔 바라본다.

"그보다 오키나와 상황은 어떻습니까?"

"그곳은 매일 70㎝씩 침강하고 있습니다. 오키나와뿐만 아니라 일본 열도 거의 전체가 그러합니다."

"그러다 멈춘다는 보장이 없다면 주일미군 주둔지를 옮겨야 하는 상황이겠군요."

"맞습니다. 현재 철수가 검토되고 있습니다."

"좋아요. 어디로 옮기죠?"

"베트남 또는 필리핀입니다."

베트남전에서 미국은 패전을 했다. 그리고 필리핀 수빅 기지에선 철군을 경험한 바 있다.

"주일미군이 철수하고 주한미군까지 철수하면 지나의 태평양 진출이 자유롭게 되겠군요. 일본의 2함대와 3함대가 없어졌으니 말입니다."

"맞습니다. 따라서 주한미군의 철수는 신중히 검토되어야 할 사안입니다."

NSA의 수장이 입을 열자 다른 정보기관의 수장들 역시 고개를 끄덕인다. 일본이 바다 아래로 사라지면 동북아의 정세를 컨트롤할 최후의 보루가 대한민국인 때문이다.

"북한을 장악한 김현수 회장과 접촉을 시도하세요."

"네?"

힐러리의 발언에 모두가 눈을 크게 뜬다.

"김현수 회장이 어떤 방법으로 북한의 수뇌부들을 굴복시켰는지 모르지만 이실리프 왕국은 자력으로 지나나 러시아를 견제할 힘이 없습니다."

미군을 보내 돕겠다는 의사표시를 하라는 의미이다. 가만히 듣고 있던 존 캐리가 나선다.

"그건 아닙니다. 김현수 회장은 푸틴과 매우 우호적인 관계에 있습니다. 러시아에 조차지를 내준 것만으로도 충분히 짐작할 수 있는 일입니다. 그렇기에 지나는 이실리프 왕국을 도모하려 하지 않을 겁니다."

"제 생각도 그러합니다. 푸틴이 있는 한 지나는 이실리프 왕국을 건드리지는 않을 겁니다."

"끄응! 그럼 한국에서 요구한 대로 전작권을 돌려주고, SOFA를 개정해야겠군요."

힐러리가 다시 등받이에 등을 댄다.

"한국의 군인과 정치인들을 만나보겠습니다."

국방장관이 나서자 외무장관이 이에 대응한다.

"조사한 바에 의하면 한국의 대통령 권한대행은 친미인사가 아닙니다. 국방장관도 그렇구요."

"나머지 장관들과 여당, 그리고 야당엔 친미인사가 상당히 많습니다."

"저희가 파악한 바에 의하면 곧 의회가 해산될 듯합니다."

CIA국장의 말에 모두의 시선이 쏠린다.

"그게 사실입니까?"

"네! 저희가 파악한 바에 의하면 그것에 대한 법률적 검토가 시도되었습니다."

"끄응!"

국방장관이 나직한 침음을 낸다.

한국의 국회의원 중에는 친미인사가 많아서 미국의 입맛대로 정국을 바꿀 수 있었는데 그게 무산된다는 뜻이기 때문이다.

CIA국장은 다시 입을 열었다.

"한국은 현재 비상계엄 상태이며 전군에 대한 숙군 작업이 진행되고 있습니다. 이 과정에서 우리와 연결되어 있던 많은 인사가 낙마되고 있습니다."

"국회가 해산되면 계엄령 해제에 관한 권한은 권한대행에게 있는 거지요?"

계엄령만 해제되면 육 · 해 · 공군 4성 장군들은 업무정지에서 풀려나게 된다. 이들 모두 친미인사인지라 물은 말이다.

"네! 맞습니다. 한국의 대통령 권한대행이 계엄령을 해제하지 않은 한 계엄사령관의 뜻대로 체제가 개편될 확률이 매우 높습니다."

"계엄사령관이 임문택이라고 했나요?"

"네, 3성장군 출신으로… 자세한 것은 보고서를 참고하시면 됩니다."

국방장관의 말이 끝나자 모두들 테이블에 놓인 패드를 집어 든다. 거기엔 임문택의 사진과 약력 등이 기록되어 있다.

"접근은 해봤습니까?"

"주한미군 사령관과 우리 대사가 면담을 요청했지만 모두 거절되었습니다. 일본과의 전쟁을 수습한 뒤에 시간을 내겠다는 뜻만 전달받았을 뿐입니다."

"임문택 사령관의 성향은 어떻습니까?"

"그의 성향은… 군인이면서 학자입니다."

"끄응! 접근이 쉽지 않겠군요."

"그렇습니다. 권한대행과 계엄사령관은 이번 기회에 한국의 체질을 바꾸려는 듯합니다."

CIA국장의 말이 끝나자 모두들 입을 다문다.

이 침묵은 제법 길었다. 머릿속으로야 오만 가지 상념이 스치겠지만 입을 열어 묻거나 확인할 것이 없는 때문이다.

긴 침묵을 깬 것은 힐러리 로댐 클린턴이다.

"여기서 이러고 있어봐야 바뀌는 것은 하나도 없습니다. 다들 한국에 대해 보다 면밀한 조사를 실시하세요. 상황이 바뀌면 조건도 바뀌는게 당연합니다. SOFA를 개정해서라도 지나를 견제해야 한다면 그렇게 해야지요. 자, 오늘 회의는 마칩니다. 이만 해산하세요."

각부 장관 및 첩보기관장들의 표정은 굳어 있다.

"참! 외무장관님은 좀 남으세요."

잠시 후, 힐러리와 독대하게 된 존 캐리는 다이어리를 펼쳐 든다. 보안이 강화된 패드도 있지만 아날로그식으로 사는 게 편해서이다.

"말씀하십시오."

"한국의 권한대행에게 미국이 지지한다는 뜻을 보내세요."

"정순목 권한대행을 말입니까?"

"대통령이나 국무총리 등이 코마에서 깨어나지 못하면 한국은 정권이 바뀔 것이에요. 미리 친해둬서 나쁠 것 없지요. 그리고 차기에 누가 유력한지 알아봐 주세요."

"알겠습니다."

존 캐리는 크게 고개를 끄덕이곤 물러났다. 그의 뒷모습을 바라보는 힐러리는 복잡한 표정을 짓는다.

손쉽게 요리되던 한국이라는 식재료가 왠지 상당히 까다롭게 변할 것 같은 느낌이 든 때문이다.

＊　　＊　　＊

"지금 그걸 말이라고 하는 건가?"

분노한 습진평의 시선을 받은 이는 국가안전부장이다.

얼마 전 지나에선 어디에다 대고 하소연조차 할 수 없는 사건이 벌어졌다. 비밀 핵무기 발사 기지에 있던 핵미사일들이 사라진 것이다.

지난 2013년 12월에도 천진시 외곽 무룡빌딩 인근에 있던 지하기지에서 DF-21A와 DF-21C가 사라지는 사건이 있었다.

그날, 국안부 3국은 궤멸당했다.

사건 이후 핵 기지 근무자 전원에 대한 정밀 수사를 실시했다. 하지만 아직도 누가 핵미사일을 어떻게 했는지 밝혀진 바 없다.

서방에선 약 12만 명의 병력이 배치된 지나의 핵미사일 부대에 핵무기 탑재가 가능한 탄도미사일 1,500~2,000기를 배치한 것으로 파악하고 있다.

이는 실제와 차이가 있다. 지나는 3,252기의 핵미사일을 실전 배치했다. 서방의 눈을 감쪽같이 속인 것이다.

의뭉스럽기 이를 데 없는 지나다운 일이다.

아무튼 이 중 489기의 핵미사일이 증발해 버렸다.

발사 버튼을 눌러 발사된 것이 아니라 기지 내에서 감쪽같이 사라진 것이다.

보고가 올라오자 습근평은 노발대발하며 즉시 범인 색출을 지시한 바 있다. 아울러 이틀에 한 번씩 진행사항이 기록된 보고서를 올리라고 했다.

그런데 방금 전 국안부장이 가져온 보고서엔 누가 범인인지 도저히 알아낼 수 없다는 내용만 있다.

"국안부장! 내가 뭐라고 했나?"

"저, 전력을 기울여 범인을 색출하라고 하셨습니다."

"그런데 이건 뭐지?"

습근평은 방금 가져온 보고서를 흔들며 노려본다.

"말씀하신 대로 전력을 기울여 수사를 했습니다. 그런데 누군가의 침입 흔적이 없었습니다. 기지 내 모든 감시 카메라를 확인해 보았지만 우리 인원 말고는 없었습니다."

"그런데 핵미사일이 없어져? 그게 만년필이나 볼펜처럼 작아서 주머니에 넣을 수 있는 것도 아닌데 말이야."

습근평의 분노한 표정을 읽은 국가안전부장은 나직이 한숨은 쉰다.

"휴우~! 정말 아무런 증거도 없습니다. 핵미사일이 사라진 걸 빼면 다친 사람도 없고……."

"자네 이렇게 무능했나?"

"······!"

국안부장은 뭐라 할 말이 없는 듯 입을 다문다.

"방금 전에도 말했듯이 핵미사일이 사라졌어. 한두 개도 아니고 무려 489개나! 그걸 뭐로 운반했겠나?"

"주석! 도난 사건이 벌이진 기지를 중심으로 반경 50㎞ 내의 모든 CCTV도 확인했습니다."

"그런데?"

"미사일을 운반했을 것이라 의심되는 차량 전부를 조사했지만 결과가 없는 겁니다."

국안부장은 몹시 답답하다는 표정이다.

습근평의 말대로 국안부의 모든 능력을 기울여 범인 색출에 나섰다. 그런데 아무런 증거가 없어 진행 상황 없음이라는 보고서를 올린 것이다.

그런데 예상대로 닦달을 하니 미치고 환장하겠는 것이다.

"핵미사일을 아무런 운반도구도 없이 사라지게 하는 건 불가능해. 군부의 불량한 자들에 의한 소행일 수도 있어. 그리고 도난된 시각이 우리가 알고 있는 것보다 훨씬 빠를 수도 있고. 무슨 말인지 아나?"

습근평은 러시아 레드 마피아를 떠올렸다. 부패한 군부와 짜고 비밀리에 무기를 내다 팔고 있음을 아는 것이다.

"압니다. 그래서 기지 근무자 전원에 대한 내사도 했습니다. 미사일이 배치된 날 이후의 모든 근무자가 대상입니다."

"그래서?"

"혐의점이 없습니다."

"그럴 리가 없지. 조사에 임했던 국안부 요원들에 대한 내사를 시작하게."

"그것도 염두에 두고 조사했습니다. 크로스 체크를 하여 누군가와 짜고 사건을 은폐할 수 있으니까요."

"그런데?"

"그것도 깨끗합니다."

습근평은 보고서가 든 파일을 흔들며 입을 연다.

"도난 사건이 빚어졌는데 범인이 없다는 게 말이 되나?"

"그, 그건……!"

국안부장은 더 이상 말을 이을 수 없었다.

"앞으로 1개월의 시간을 더 주지. 그 안에 누가 범행을 저질렀는지 확실하게 파악해서 보고해."

"끄응! 알겠습니다."

국안부장은 고개를 끄덕일 수밖에 없었다.

배석해 있던 7인 정치국 상무위원과 25인 정치국원은 신랄하게 깨지는 국안부장을 보며 표정을 굳힌다.

침묵을 깬 것은 지나의 권력 서열 2위인 전국인민대표회의 상무위원장 장덕강이다.

"다음은 한일전에 관한 내용을 보고하시오."

"네! 위원장님. 이번 한일전에서 한국이 스텔스기를 사용한 것으로 확인되었습니다."

"스텔스기라니? 한국에도 스텔스기가 있단 말이오?"

모두의 시선이 국안부장에게 쏠린다.

한국이 어떤 무기를 얼마만큼 보유하고 있는지는 손바닥을 들여다보듯 빤히 알고 있기 때문이다.

"네! 이번 한일전 때 한국의 K-2기지에서 40대의 전투기가 이륙했습니다. F-15K로 짐작되는데 중간에서 레이더에서 사라졌습니다."

"F-15K가 스텔스기란 말이오?

"미국으로부터 스텔스 도료를 받은 바 없으니 새로운 스텔스 도료를 개발한 것으로 추정됩니다."

"……!"

잠시 모두의 입이 다물려진다.

그러다 하나둘 고개를 끄덕인다. 한국이라면 그럴 만한 역량이 있다는 의미의 끄덕임이다. 미국과 달리 지나는 한국을 어느 정도는 인정하고 있었다.

"그럼 그게 일본의 F-15J 40기와 F-35A 40기를 떨군 거란 말이오?"

상무위원의 물음에 국안부장은 크게 고개를 끄덕인다.

"아울러 조기경보기와 공중 급유기, 그리고 대잠 초계기들도 격추시켰습니다. 위원님."

"으으음!"

한국과 많은 교역을 하고 있지만 우방국이라 할 수는 없다. 유사시 미국의 편을 들 확률이 매우 높은 나라가 전에 없던 무기를 가졌다. 결코 환영할 만한 일은 결코 아니다.

그렇기에 다들 침중한 표정을 짓는다.

"자자, 489기의 핵미사일은 사라졌고, 한국은 스텔스기를 가졌습니다. 아프리카로부터 애써 구해온 금괴들이 감쪽같이 사라진 이후 최대 위기입니다."

습근평의 말에 아무도 토 달지 않는다.

"으으음……!"

수년 전부터 엄청난 액수의 외환과 금괴가 사라지는 등 외부에 알려지면 큰일 날 사건들이 줄지어 일어났다.

국가의 체제 자체가 흔들일 일인지라 극비로 다뤄 지금껏 별문제가 없었다. 그런데 핵미사일이 무려 489기나 사라졌고, 언젠가는 도모해야 할 나라라 생각한 이웃 국가는 강력한 무기를 얻었다고 한다.

지나의 수뇌부들은 다들 기가 찬지 입을 다물고 있다.

"한국이 정말 스텔스 기술을 취득했는지 확인하게."

"네! 주석."

국안부장이 정중히 허리를 꺾는다.

"일본은 어떤가?"

"한일전의 패배를 충격적으로 받아들였던 모양입니다. 감춰두었던 핵무기를 발사하려던 때에 후지산 등 거의 모든 화산이 분화를 시작해서 현재 아수라장 분위기입니다."

"흐음, 그건 마음에 드는군."

습근평의 말에 모두들 고개를 끄덕인다. 조어도에 대한 일본의 야욕을 생각하면 당연한 일이다.

이때 국안부장의 보고가 이어진다.

"현재 일본 열도 전체가 화산 때문에 몸살을 앓고 있는 가운데 대대적인 엑소더스가 진행되고 있습니다."

"엑소더스?"

"네! 상당수가 일본을 떠나 다른 곳으로 이주하려 움직이고 있습니다."

"이 총리!"

"네, 주석!"

습근평은 이극강 국무원 총리와 시선이 마주치자 심중을 토로한다.

"화산 분화로 일본 열도를 탈출하는 보트피플9)이 많이 발

9) 보트피플(Boat people) : 망명을 하기 위해서 배를 타고 바다를 떠도는 사람.

생될 것으로 예상됩니다."

"그렇겠지요."

"그들이 본토에 발을 들여놓는 걸 보고 싶지 않군요."

"무슨 뜻인지 알겠습니다. 오늘 이후 일본인들의 출입을 엄히 단속토록 하겠습니다."

"국안부장!"

"네! 주석."

"오늘 언급된 것들에 관한 상세 보고서가 올라오길 기다리겠네."

"알겠습니다. 최선을 다하겠습니다."

국안부장이 고개를 숙이자 이 총리가 화제를 바꾼다.

"다음은 이실리프 왕국에 관한 사항입니다. 한반도 이북 지역에서 체결된 모든 계약을 무효로 한다는 발표가 있었습니다. 이에 대한 여러분의 의견을 듣고 싶군요."

이 총리가 자리에 앉아 왕기산 부총리가 기다렸다는 듯 입을 연다.

"그건 말도 안 되는 이야기이지요. 북한의 모든 것을 승계했으면 당연히 계약도 승계되는 것입니다."

왕기산 부총리는 무역과 외국인 투자 등 경제의 한 축을 담당하는 자이다. 지나의 기업과 북한 사이에 체결된 다수의 계약 또한 왕 부총리의 업무 중 하나이다.

"저쪽에선 그렇게 생각지 않는 모양입니다. 모든 계약은 무효라 선포할 준비를 하고 있고, 그에 앞서 모든 외국인에 대한 추방령이 집행될 예정입니다."

"모든 외국인을 다 내쫓는다고 합니까?"

"네! 이실리프 자치령이 있는 러시아와 몽골, 그리고 에티오피아와 콩고민주공화국, 마지막으로 대한민국을 제외한 모든 나라의 외국인에 대한 추방령이 내려졌습니다."

"각국 외교사절은 제외지요?"

외교사절은 각 나라를 대표하는 사람이기에 한 말이다. 그런데 국안부장은 고개를 좌우로 흔든다.

"아닙니다. 모든 외교사절 또한 즉각 출국해 줄 것을 요구했습니다. 반대로 북한에서 외국으로 파견한 외교관 및 외화벌이꾼 전원에겐 복귀 명령이 떨어졌구요."

"흐음, 현대판 쇄국정책이라도 펼칠 모양입니다."

누군가 다소 비아냥거리는 어투로 대꾸했다. 그러거나 말거나 국안부장의 발언은 이어진다.

"그렇습니다. 이실리프 왕국의 체제가 안정기에 접어들 때까지는 그렇게 하겠답니다."

"끄응! 마뜩치 않군요."

습근평은 이맛살을 찌푸렸다.

국경을 맞대고 있는 나라에서 전면적으로 교류 중단을 선언한 것이 마음에 들지 않아서이다.

북한과의 교류 중단은 지나에게 큰 영향을 끼치지 않는다.

맨날 징징대는 소리 듣기 싫어 적당히 연료와 식량을 대주는 일도 귀찮기만 하다.

그래도 없는 것보다는 낫다.

언제든 뭔가를 요구하면 들어줄 호구인 때문이다.

아울러 소위 자유진영이라 불리는 한국과 국경을 맞대지 않게 하는 완충 효과를 갖기 때문이다.

물론 한국이 두려운 것이 아니라 그 땅에 주둔해 있는 미군이라는 존재가 마뜩치 않은 것이다.

"우리 기업들이 북한 쪽과 합작한 것에 대한 적절한 보상책이 마련되지 않으면 발을 빼선 안 되겠지요."

습근평의 말은 완곡한 표현이다. 이실리프 왕국이 어떤 소리를 하든 손해 보고 빠져나오진 않겠다는 뜻이며, 북한에 꽂아놓은 빨대를 계속 쓰겠다는 의사이다.

이런 말을 어찌 놓치겠는가!

관련 정치국원들은 부지런히 메모를 한다. 이를 잠시 지켜보던 습근평이 재차 말을 잇는다.

"일본이 어수선하니 이참에 조어도 영유권을 확정지어야겠습니다."

신경 쓰지 못할 때 주저앉겠다는 뜻이다.

"저어, 그게 조금은 어려울 듯합니다."

입을 연 이는 지나과학원 원장 우도안이다. 기초과학과 자연과학을 아우르는 국립자연과학연구소라 할 수 있다.

모두의 시선이 쏠리자 우도안이 들고 있던 자료를 옆 사람에게 넘긴다. 릴레이식 전달을 요구한 것이다.

잠시 후 모두가 제법 두툼한 서류를 볼 수 있었다.

"저희 과학원 지학부 부장교수의 보고에 의하면 조어도 역시 일본 열도처럼 매일 70㎝씩 침강하고 있습니다."

"……!"

"저희가 조사한 바에 의하면 멀지 않은 미래에 완전히 수면 아래로 내려갈 것으로 예측됩니다. 지금 보고 계신 보고서 26쪽을 보면 그래프가 보일 겁니다."

말 떨어지기 무섭게 다들 26쪽을 찾아 펼친다. 거기엔 조어도가 수면 아래로 내려가는 그래프가 있다.

"보시는 대로 수면 아래로 상당히 깊이 내려갈 것으로 예측됩니다. 따라서 조어도 영유권에 관한 사항은 더 이상 논의할 필요가 없을 것으로 사료됩니다."

"흐으음!"

조어도 영유권 분쟁은 섬 그 자체가 아니라 인근 수역에 대한 관할권 분쟁이라 봐도 무방하다.

배타적 경제수역을 선포할 수 있으며, 영해 개념도 발생되기에 경제는 물론이고, 정치적 의미까지 가져 일본과 지나가 서로 차지하려 으르렁댔던 것이다.

"이 보고서, 확실한 겁니까?"

"네! 저희 과학원의 두뇌들이 모여 면밀히 검토한 결과 보고서가 지금 보고 계시는 겁니다. 조어도는 수면 아래로 내려갑니다. 확실히!"

과학원장의 말이 끝나자 습근평을 들고 있던 보고서를 툭 내려놓는다.

"조어도 관련 부서를 모두 폐지하십시오."

더 이상 신경 쓰지 말자는 뜻이다. 이때 왕기산 부총리가 이의를 제기하고 나선다.

"주석! 그곳 인근 백화(白樺) 해역엔 우리 해상 플랫폼이 건설되어 있습니다."

방금 언급된 곳은 일본과 EEZ 분쟁으로 첨예하게 대립하고 있는 곳으로 약 9,200만 배럴의 원유와 천연가스가 매장되어 있는 것으로 확인되었다.

지나가 이를 차지하기 위해 엄청난 액수를 들여 해상 플랫폼을 제작하였고, 이 때문에 일본과 마찰이 일고 있다.

생각이 이에 미친 습근평은 과학원장에게 시선을 돌린다.

"원장! 해상 플랫폼은 괜찮을 거라 생각하는데……."

습근평 주석의 말은 중간에 잘렸다.

"아쉽게도 그곳 역시 해수면 아래로 침강되었습니다."

현재 진행이 아니라 현재 완료라는 뜻이다.

"아……!"

모두가 아쉽다는 표정을 짓는다. 막대한 손실을 생각한 때문이다. 이때 과학원장의 말이 이어진다.

"뿐만 아니라 남사군도에서 진행된 매립 작업 역시 무산되었습니다."

지나가 필리핀 등과 영유권 분쟁을 겪고 있는 남지나해의 스플래틀리 군도에선 대규모 매립 작업이 진행되었다.

이 해역에 수십억 톤에 달하는 원유가 매장되어 있는 것으로 확인되었다. 이를 얻기 위해 각각 1㎢ 이상인 규모의 섬 7개를 조성했다.

파이어 리그 로스 섬에서는 해수면 아래 있던 길쭉한 여울을 집중적으로 매립하여 길이 3㎞, 폭 200~600m짜리 육지를 완성시킨 후 활주로 공사까지 마쳤다.

나방 벤 섬과 존슨 섬 등 4개의 매립지엔 높이 18m짜리 대형 건물까지 지어놓았다.

"그곳도 침강하고 있소?"

"네! 일대 전부가 빠른 속도로 침강하고 있습니다."

"끄으응!"

습근평 등은 막대한 해상 주권을 얻기 위해 주변국과의 마찰을 마다하지 않았는데 모든 게 허사라 하니 맥이 풀리는 듯 나지막한 침음을 토한다.

"알겠소. 인간이 자연을 거스를 수는 없는 일! 그곳과 관련된 부서는 모두 폐지하십시오."

"네! 알겠습니다."

담당 정치국원의 대답을 들은 습근평을 좌중을 둘러본다. 잃은 건 잃은 것이고, 확인할 것은 확인해야 하는 국가 주석인 때문이다.

"한국과 이실리프 왕국을 조금 더 면밀히 살필 필요가 있다고 생각합니다."

수단과 방법을 가리지 말고 조사해서 보고하라는 뜻이다.

"알겠습니다."

"좋습니다. 그럼 이것으로 회의를 마칩니다."

모두가 물러간 뒤 습근평은 소파 등받이에 기댄 채 손으로 이마를 짚었다.

일본 및 동남아 각국과 벌이던 영유권 분쟁이 한 방에 사라진 것은 좋은데 너무 많은 손실을 입은 때문이다.

"끄으응!"

습근평의 침음은 길고 나직했다.

CHAPTER 06
화산 폭발 때문에

"뭐라고? 방금 뭐라 했소?"

"아쉽게도 천성 기지는 쓸 수 없게 되었다고 보고드렸습니다. 총리님!"

아베 신지는 이맛살을 잔뜩 찌푸린다.

본주 서북쪽엔 초카이(鳥海)산이 있다.

야마가타 현과 아키타 현 사이에 위치한 이 산의 최고봉은 높이는 2,236m나 된다.

경치가 좋아 상당히 많은 관광객이 찾아오는 이 산의 깊숙한 곳엔 세인들이 알지 못하는 은밀한 지하기지가 있다.

천연 수직 동굴을 개조하여 만든 이곳엔 '천황의 별'이라는 의미인 천성(天星) 기지가 조성되어 있다.

일본이 전 세계의 이목을 속이고 만든 메가톤급 핵미사일이 감춰져 있는 발사 기지이다.

한일전이 일방적인 패전으로 끝난 직후 아베는 이곳으로 명령문을 전송시켰다. 메가톤급 핵미사일에 연료를 주입하고 발사 대기를 지시하는 내용의 명령문이다.

목표 지점의 좌표는 북위 37° 33′ 59″, 동경 126° 58′ 40″이다. 이곳은 서울 시청의 좌표이다.

연료 주입이 완료되었다는 보고가 올라오면 지체 없이 발사 명령을 내리려 했다.

한국으로부터 받아들이기 힘든 요구가 있을 게 뻔하니 그 말을 듣고 열통 터지기 전에 먼저 박살 내기 위함이다.

그런데 느닷없는 초카이산의 분화가 시작되었다.

지난 1974년에 분화한 이후 안정기에 접어들었다는 보고가 있었기에 이곳에 기지를 마련했다.

천성 기지가 있기에 늘 마음 한구석이 든든했다.

유사시 적의 심장을 단숨에 꿰뚫을 힘이 있으니 어찌 안 그렇겠는가! 그런데 느닷없이 쏟아져 나온 용암이 천성 기지를 완전히 뒤덮었다는 보고이다.

기지 안에서 근무 중이던 요원들이 하나도 탈출할 수 없을 만큼 급속도로 벌어진 일이라 희생이 컸다.

아베 신조는 요원들의 목숨보다 극비리에 준비한 핵미사일을 투사하지 못한 것이 못내 아쉬웠다.

그래서 그런지 이맛살이 더 좁혀든다.

"끄응……!"

아베가 나직한 침음을 내는 순간 초카이산이 또 한 번 대규모 분화를 시작한다.

콰아앙! 콰콰콰콰콰콰쾅—!

화산 쇄설물이 높이 8㎞ 상공까지 순식간에 뿜어져 올라간다. 그러는 동안 시뻘건 용암이 넘실거리며 계곡을 메운다.

잠시 후, 또 한 번 거대한 진동이 시작된다.

우릉! 우르르릉! 우르르르!

콰아아아앙! 콰콰콰콰콰아앙—!

우르르릉! 우르르르르릉—!

그런데 뭔가 이상하다.

높이 2,236m짜리 초카이 화산이 우뚝 솟아 있던 곳이 텅비어 있다. 지면 아래에 품고 있던 것을 모두 뿜어내고 나자 육중한 자중이 작용하여 그대로 주저앉은 때문이다.

리히터 규모 10.2짜리 지진이 일어나고 얼마 지나지 않아 엄청난 해수가 쏟아져 들어온다.

일본이 두려워하는 초대형 쓰나미가 들이닥친 것이다.

높이 3.2m짜리 쓰나미는 해변으로부터 초카이산이 있던 곳까지의 모든 건축물들을 무너뜨렸다.

같은 순간, 본주 북서부 일대의 지각 중 일부가 수직 침강하기 시작했다.

그와 동시에 쓰나미가 발생되어 니가타 일대와 자나자와 일대의 호쿠리쿠 공업지역의 대재난이 시작되었다.

바닷물의 염분은 기계류를 녹슬게 했고, 뻘은 모든 전동공구의 작동을 멈추게 하기에 충분했다.

수없이 많은 집이 무너지기 시작하자 대경실색한 사람들을 일제히 고지대로 달리기 시작했다.

"으와아! 으아아아아!"

비명을 지르며 달리는 고니시 테쯔야는 혐한이다.

아무런 근거도 없이 한국에 대한 적의만 품고 있어 2ch에 늘 개 같은 댓글만 달던 놈이다.

불의의 사고로 세상을 떠난 부모가 물려준 재산이 있어 놀고먹던 고니시 테쯔야는 방금 전 놀라운 것을 보았다.

누대를 이어온 과수원의 땅이 쩍쩍 갈라지면서 시뻘건 용암이 솟는 것을 본 것이다.

그리고 잠시 후, 2층짜리 집이 심하게 흔들렸다. 재빨리 정원으로 나온 직후 집마저 무너졌다.

콰르릉! 콰르르릉!

쩌억―! 쿠와아아아아!

집이 무너지고 얼마 지나지 않아 땅거죽이 심하게 흔들리나 싶더니 단숨에 갈라지고 그 사이로 무너진 집의 잔해가 빨려들었다.

그리고 잠시 후 뜨거운 열기가 느껴졌다. 시뻘건 용암이 솟아오른다 생각한 고니시 테쯔야는 맨발임에도 전력을 다해 달리기 시작했다.

그렇게 100m쯤 달리고 뒤를 돌아본 순간 동공이 확장되었다. 시뻘건 용암이 넘실거리며 고니시의 뒤를 따라 흘러오고 있었던 때문이다.

"으아아아! 사람 살려! 사람 살려! 아앗! 으아아아아!"

뭔가를 밟았는지 통증이 느껴졌지만 고니시의 달리는 속도는 조금도 줄지 않았다.

고니시는 방금 전 모든 것을 잃었다. 집과 과수원, 그리고 예금통장은 물론이고 가재도구 전부도 잃었다.

이제 남은 인생 전부를 단 한 푼도 없는 거지로 살아야 하는 상황과 조우한 것이다.

이때 아베 신조로 하여금 자부심을 갖게 한 천성 기지를 품은 초카이산은 이 구멍 속으로 빨려드는 중이다.

화산 아래 쪽 지각을 불의 정령왕 이프리트가 뜨거운 열로 녹여서 구멍을 뚫어놓은 때문이다.

이 같은 일은 초카이산에서만 일어나는 것이 아니다.

일본엔 원전이 48기나 있다. 2011년 후쿠시마 원전 사고 이후 모두 가동이 중단되어 있는 상태이다.

이 원전들 모두 지각 아래로 빨려드는 중이다.

엄청난 정령력이 필요한 일이지만 4대 정령왕은 본신이 가진 모든 능력을 총동원하여 작업했다.

현수의 명에 따라 일본 열도 거의 전부를 침강시키는 작업이 진행되는 동안 방사능을 뿜는 위험한 물건들은 모조리 지각 아래로 위치를 이동시키기로 한 것이다.

콰아앙! 콰아아앙—!

후쿠시마 원전 일대가 지면 아래로 쑥 꺼져 버리자 잠시 후 쓰나미가 쇄도하여 수많은 건축물이 무너져 내린다. 다행히 사람이 거주하는 곳이 아닌지라 인명 피해는 없다.

같은 순간, 후지산이 분화되면서 솟아올랐던 화산 쇄설물은 도쿄 상공에서 쏟아져 내린다.

뿐만 아니라 게이힌 공업지역과 주쿄 공업지역 역시 화산재로 몸살을 앓기 시작한다. 모든 기계가 멈춰서면서 일본은 성장 동력을 잃었다.

기타규슈 공업지역은 침강이 시작되자 곧바로 멈춰서 있는 상태이다.

한신 공업지역과 세토우치 공업지역 역시 화산재와 화산

쇄설물로 인해 멈춰 버렸다.

이제 일본에 남은 공업지역은 홋카이도 공업지역뿐이다.

그런데 삿포로 남쪽에 위치한 요테이산의 분화가 시작되었다.

우릉! 우르르릉─! 콰아앙! 콰콰콰콰콰쾅─!

5㎞ 상공까지 치솟았던 화산재는 홋카이도 공업지역을 고스란히 뒤덮었다. 이로써 일본엔 단 하나의 공업지역도 남지 않게 되었다. 경제대국, 기술선진국에서 일순간에 가난한 후진국으로 퇴보하는 순간이다.

"으아아! 으아아아아!"

쨍그랑! 와장창! 우당탕탕! 콰앙! 채채채챙─!

아베 신조의 집무실에선 계속해서 요란한 소리가 터져 나온다. 집무실의 모든 집기류가 박살 나고 있는 것이다.

인터넷이 끊긴 직후 대규모 정전이 시작되었다. 지진이 발생하자 발전소가 일제히 송전을 끊은 때문이다.

전화도 끊겼다. 위성을 이용한 휴대전화만 간신히 이용 가능한데 배터리가 방전되고 나면 충전할 방법이 없어 이마저도 끊기게 될 것이다.

모든 철도가 멈춰 섰고, 고속도로는 주차장이 되었다.

같은 순간 마트는 수많을 약탈자에 의해 힘없이 털리고 있다. 상점들도 약탈을 당했고, 여인들은 잔인무도한 손길에 그대로 노출되어 버렸다. 위기의 순간이 다가오자 감춰뒀던 야비하고 잔인한 민족성이 그대로 드러난 것이다.

콰아앙! 콰아아아앙—! 우르르릉! 우르르르릉!

땅거죽은 계속해서 흔들린다. 그때마다 수많은 건물이 힘없이 무너져 내린다.

지진대국 일본의 내진 설계 시준은 세계 Top—class를 갖추고 있다. 주택의 내진성도 향상되어 2011년에 발생한 동일본대지진의 경우 건물의 붕괴로 인한 사상자가 거의 발생하지 않았다.

그런데 이번엔 다르다. 거의 모든 건축물이 무너져 내리면서 많은 인명 피해가 발생되고 있다.

지진계에는 지진파 가운데에서도 가장 큰 피해를 발생시키는 R파로 기록되고 있는 때문이다.

R파는 Rayleigh Wave를 뜻하는데 지진파 중 가장 강력한 파괴력을 보인다.

전파 속도는 러브파(Love Wave)와 비슷하지만 진행 방향에 대해 역회전 원운동을 하기 때문에 매질의 밀도 변화를 수반하는 때문이다.

R파를 만나면 현대식 고층 건물들은 치명적인 손상을 입는다고 학회에 보고되어 있는 오늘 일본이 그것을 증명하고 있다.

콰아앙! 콰아아아앙―! 우르릉! 우르르쾅쾅―!

거의 모든 건물이 무너지면서 먼지가 솟구치지만 멀리 가지 않고 허공에 부유하고 있다 그대로 주저앉는다.

바람의 정령왕 세리프아가 현수의 명령에 따라 가장 큰 피해를 입히는 방향으로 대기의 흐름을 조절하고 있는 때문이다.

일본에서 벌어지는 대규모 재난은 문명이 발달한 이후 한 번도 보고되지 않은 전면적인 피해를 입히는 중이다.

CNN 등 서방의 언론들이 앞다퉈 현장을 보도하고 있어 세계인들의 이목이 집중되어 있다.

2차 세계대전 당시 일본에 의해 피해를 입었던 한국과 지나, 그리고 필리핀 등 동남아 국가에선 고소하다는 표정을 짓고 있다.

유럽 각국에선 우려 섞인 표정으로 대재난의 현장을 지켜보고 있다.

반면 일본과 긴밀한 관계를 수립하고 있던 미국은 호떡집에 불난 것처럼 소란스럽다.

그리고 9.11 테러가 일어났던 그날 같은 표정이다.

일본이 입은 피해 규모가 커서가 아니고 불쌍해서도 아니다. 지나의 태평양 진출을 막아줄 보루가 무너지고 있어서는 더더욱 아니다. 오키나와가 물에 잠기기 시작하면서 주일미군 철수가 공공연한 사실이 되었기 때문이다.

그럼에도 이처럼 다급한 표정을 짓는 이유는 일본이 보유한 미국 정부 발행 채권 때문이다.

재난은 영구히 지속되지 않는다. 그게 끝나면 곧바로 재건 작업에 돌입하게 된다. 그런데 그러려면 막대한 돈이 필요하다. 그때 일본이 가장 손쉽게 재원을 마련할 방법은 미국 채권을 내다파는 것이다.

공업지역은 폐허로 변했고, 농지엔 화산재가 수북하다. 일본 입장에선 유일한 선택일 수밖에 없다. 그런데 그럴 경우 미국의 금융시장은 일대 혼란에 빠지게 된다.

무려 1조 1,300억 달러가 넘으니 당연한 일이다. 일본이 채권 카드를 꺼내는 순간 미국 국채의 가치는 급전직하하게 된다. 이는 미국 경제 전반에 막대한 타격을 주게 된다.

그렇기에 심각한 표정으로 바라보고 있는 것이다.

"Oh! No."

대통령직에서 물러난 후 회고록을 집필하고 있던 버락 오바마의 입에서 나직한 침음이 터져 나온다.

일본에서 가장 높은 도쿄 스카이트리와 오사카에서 가장 높은 60층짜리 건물 아베노 하루까스가 무너지는 모습을 본 때문이다. 스타이트리는 634m이고, 아베노 하루까스는 300m짜리이다.

두 개의 랜드마크는 비스듬하게 쓰러지면서 다른 건물들

의 연쇄 붕괴를 연출시키고 있다.

화산재 때문에 어두컴컴했는데 두 건물이 무너지면서 가스폭발 등을 일으켰는지 화재가 발생한다.

전기, 전화, 수도, 인터넷 등이 모두 끊긴 상태인지라 요란한 경고음을 동반한 소방차의 출동은 없다.

연락을 취할 방도가 없는 때문이고, 이곳까지 오는 도로 곳곳이 파괴되어 차량 통행이 불가능한 때문이다.

그리고 너무 많은 곳에서 화재가 발생되어 있는 상황이기에 이곳까지 올 여력이 없는 탓이다.

화산재 때문에 사방이 어두웠지만 사물을 식별할 수 있는 것은 사방팔방에서 솟구치고 있는 화마 때문이다.

거의 모든 주유소와 가스 저장소 등에서 화재가 발생되어 있으며 상당히 많은 목재 건축물 또한 화마의 희생양이 되어 불타고 있다.

이런 상황이기에 전기가 끊겼음에도 시야가 확보되는 것이다.

오바마가 나직한 탄식을 토하는 사이에 방송용 카메라는 10층쯤 되는 건물 옥상으로 올라간 듯하다.

그곳에서 사방을 파노라마 촬영을 했는데 화면으로 나타난 것은 지옥의 한 부분인 듯하다.

수없이 많은 화재가 발생되어 연기를 내뿜고 있는 가운데

살길을 찾아 우왕좌왕하는 인간의 군상들이 보이고 있다.

"아마겟돈이 저럴까?"

아마겟돈(Amageddon)은 세계 종말에 있을 마지막 전쟁의 장소를 지칭하는 말이다.

버락 오바마는 차마 화면을 볼 수 없어 다른 채널로 돌렸다. 그러자 이스라엘 전역에 운석이 쏟아진 이후 발생한 중동전쟁의 참상이 보인다.

거의 모든 무기를 잃은 이스라엘군은 분노한 아랍연합군에게 학살당하는 중이다.

알 자지라에서 파견한 종군기자는 이스라엘 군들이 당하는 모습을 카메라에 비추며 연신 '알라후 아크바르'를 외치고 있다. 이는 아랍어로 '알라는 위대하다'는 뜻이다.

이슬람과 적대하던 이스라엘을 운석으로 징벌을 가한 알라가 있었기에 오늘과 같은 복수를 한다면서 감격해한다.

그간 이스라엘 때문에 쌓인 분노의 크기와 깊이를 충분히 짐작할 수 있는 발언이다.

이스라엘과 국경을 맞대고 있던 시리아, 레바논, 요르단, 이집트는 물론이고 이라크, 이란, 사우디아라비아까지 군대를 파견했다.

이들은 아랍연합군이라는 기치 아래 단결하여 작전을 수행하는 중이다. 작전명은 '분노의 대가'이다.

그간 쌓인 것들을 원 없이 풀기 위해 시작된 이 작전에선 포로가 없다. 유태인 말살이 궁극적인 목표인 때문이다.

쿠왕! 콰앙―! 우수수수수―!

"진격하라! 진격하라! 단 하나도 남김없이 사살하라."

아랍연합군은 결코 자비를 베풀지 않기로 했다.

잡초처럼 질긴 유태인들과 다시 얼굴 붉히는 일이 없게 하려면 모조리 죽여 버리는 것이 상책이라 생각한 것이다.

바야흐로 제2차 홀로코스트가 시작되었다.

미국의 유태인들이 격렬하게 반응했지만 현 상태에선 미국의 개입이 어렵다. 이스라엘군은 지리멸렬한 상태이다.

따라서 중동연합군과 전쟁은 '미국 VS 아랍연합'이라는 모양새가 된다. 남의 전쟁에 끼어들어 총알받이 역할까지 해야 한다는 것이다. 그렇기에 백악관과 의회 앞에선 유태 진영과 반유태 진영 간의 치열한 시위전이 벌어지고 있다.

유태 진영은 파병하라는 목소리를 높였고, 반유태 진영은 결코 그래선 안 된다는 경고의 목소리를 높이고 있다.

돈과 권력은 유태 진영 쪽이 월등히 많고, 강하지만 유권자의 수는 반유태 진영이 훨씬 많다.

힐러리 로댐 클린턴은 선택을 강요받고 있다. 정권을 유지하려면 둘 다의 욕구를 충족시켜 줘야 한다. 그런데 애석하게도 둘의 요구는 정반대이다.

그렇기에 결정은 쉽지 않다.

파병을 하면 많은 미국 젊은이들이 다치거나 죽을 것이고, 자칫 종교전쟁으로 비화될 확률도 높기 때문이다.

만일 러시아나 지나가 참전할 경우 제3차 세계대전으로 확전될 수도 있다.

반대로 파병을 하지 않으면 이스라엘은 지도에서 지워질 것이다. 분노한 유태인들의 행패로 인한 사회 혼란이 심히 우려되는 상황이 빚어지는 것이다.

힐러리 로댐 클린턴이 깊은 시름에 잠겨 있는 동안에도 아랍연합군에 의한 유태인 말살 작전은 계속되고 있다.

그리고 백악관과 의회 앞에서의 시위도 점차 격렬해지고 있다. 공권력의 살벌함을 알기에 물리적인 충돌을 하지 않을 뿐 언성은 최대한으로 올리지 않으면 대화가 불가능할 정도로 시끄럽고 소란스럽다.

"끄응!"

힐러리 로댐 클린턴의 입에서 나온 소리이다.

심한 변비 환자가 화장실에서 내는 소리와 비슷하지만 배석해 있는 국무위원 중 어느 누구도 웃거나 농담하지 않는다. 사안이 너무 심각한 때문이다.

＊　　＊　　＊

"대단하군요."

대한민국 대통령 권한대행 정순목은 TV 화면에서 시선을 떼지 못하고 있다.

현재 CNN이 보도하고 있는 영상은 도쿄에서 가장 높은 스카이트리가 맥없이 쓰러지면서 주변 건물들을 작살내는 광경이다. 쓰러진 스카이트리에 일격을 당한 건축물들은 거대한 도끼로 일격에 찍은 듯 쩍 갈라지는가 싶더니 와르르 무너져 내린다.

수많은 사람이 비명을 지르며 사방으로 흩어지고 있는데 개중에 눈에 뜨이는 자가 있다.

전 도쿄도지사이며 유신회 공동대표이자 재특회의 실질적인 수장인 이시하라 신타로이다.

타고 있던 도요타 승용차가 무너져 내리는 건물 잔해에 깔릴 것 같자 재빨리 차에서 내려 물러서며 뒤를 볼아 보던 중인데 화면에 잡힌 것이다.

콰아앙! 와르르르! 쿠콰콰콰쾅! 와르르르! 와장창—!

CNN 특파원은 할 말을 잃은 듯 아무런 멘트도 하지 않고 있다. 하여 현장음이 생생하게 잡혀 있다.

"뭐야, 이거! 으앗, 제기랄! 쓰벌, 차 다 부서졌잖아. 빌어먹을! 하필이면 왜! 바보 같은 운전수 자식!"

이시하다 신타로는 새로 뽑은 승용차의 본닛 위로 무게가 1톤쯤 되는 콘크리트 덩어리가 떨어지자 온갖 욕을 해댄다.

그러다 멍하니 무너져 내린 건물 잔해에 시선을 준다.

미처 대피하지 못한 사람들의 신체가 깔려 있는 것을 본 것이다.

이때 이시하다 신타로의 뒤쪽 건물이 소리 없이 흔들린다. 방금 전 붕괴가 일으킨 진동에 대한 반응이다.

이 건물 옥상엔 커다란 간판이 올려져 있다. 1층에서 영업하는 게 요리를 홍보하기 위한 것이다.

그런데 한국처럼 평면 간판이 아니다. 커다란 집게가 튀어나와 있고 마치 가위질을 하는 것처럼 움직이는 것이다.

이 간판은 건물 옥상 물 탱크실 위에 설치되어 있는데 8개의 앵커볼트로 고정되어 있다.

문제는 매우 오래된 건물이라는 것이다. 최상부 콘크리트는 손으로 문지르면 모래가 떨어져 내릴 정도이다.

앵커볼트가 박혀 있지만 바람의 영향을 무시할 정도로 긴밀하게 고정된 것은 아니다.

어쨌거나 간판이 흔들이고 있다. 그러는 동안 앵커볼트를 물고 있던 콘크리트가 힘없이 부풀어 오른다.

그러던 어느 순간이다.

우직! 우지지직—!

커다란 간판이 자유낙하를 시작했지만 아무런 소리도 들리지 않는다.

이 순간 찌그러진 자동차 앞에서 쩔쩔매고 있던 운전기사가 이시하라 신타로 전 도쿄도지사를 바라보았다.

죄송하다는 뜻을 표하려던 것이다.

그런데 이시하라 신타로의 머리 위에서 커다란 간판이 떨어지는 것을 보게 되었다.

"아앗! 도지사님! 어서 피하세요. 어서요!"

운전기사의 시선을 따라 위를 바라보던 이시하라 신타로는 대경실색하며 앞으로 달려 나갔다.

이 순간 커다란 간판이 지면과 충돌한다.

콰아앙! 와장창! 와당탕탕─!

간판이 부서지면서 많은 파편이 튀었다. 이 중엔 게의 집게 부위도 포함되어 있다.

"으아아아!"

죽어라 앞을 향해 달리는 이시하라 신타로의 뒤쪽으로 집게가 쇄도한다.

퍼억─!

"케에엑─! 아아아악!"

온 힘을 다해 달리던 이시하라 신타로는 하체에서 느껴지는 격통에 비명을 지르며 쓰러졌다.

집게의 뾰족한 부위가 불알을 꿰뚫는 순간 터져 나온 비명이다. 바지가 금방 선혈로 물든다.

이시하라 신타로는 잔뜩 웅크린 채 바들바들 떨며 비명을 지른다.

"아악! 아아아아악!"

이 순간 게 요리점이 있던 건물 또한 흔들린다. 그러던 어느 순간 힘없이 무너지면 온갖 파편을 쏟아낸다.

우릉, 우릉, 와르르르—! 콰아앙—!

콰직—!

"케엑! 아아아아악!"

이시하사 신타로는 왼쪽 발목에서 느껴지는 격통에 또 한번 긴 비명을 지른다. 이때 건물 옥상 물탱크가 지면과 충돌하면서 쏟아낸 물이 해일처럼 쇄도했다.

"어푸! 어푸! 어푸!"

꿀꺽— 꿀꺽—!

발목을 커다란 콘크리트 덩어리가 짓누르고 있어 뺄 수 없고, 불알은 터져 나가 더 이상 남자구실을 할 수 없는 상황이다. 여기에 엄청난 물이 쏟아지자 이시하라 신타로는 정신이 하나도 없다.

더러운 먼지가 섞인 물을 두어 모금 들이켠 이시하라 신타로는 새롭게 느껴지는 격통에 긴 비명을 지른다.

"아아아악! 아아아아악!"

"도, 도지사님! 여기 사고가 났습니다. 도와주세요! 도와주세요! 여기요! 여기! 여깁니다!"

황급히 달려온 운전기사는 순식간에 엉망이 되어버린 이시하라 신타로를 보며 사람들을 불렀다.

하지만 다가오는 이는 없다. 다들 무너지는 건물 잔해를 피하느라 여념이 없는 때문이다.

CNN 특파원이 얼른 달려가 건물 잔해를 밀어내려 했지만 너무 무거웠다. 하여 카메라를 들고 있던 사람까지 달려들어 커다란 콘크리트 덩어리를 치웠다.

그러자 드러난 것은 선혈로 물든 오징어처럼 납작해진 발이다. 의술의 신이 와도 절대 정상으로 되돌릴 수 없을 정도로 으스러진 발을 당기려던 이시하라 신타로는 또 한 번 긴 비명을 지른다.

"아아아아악!"

얼른 카메라를 집어든 카메라맨이 이시하라 신타로를 화면에 잡는데 바지를 뚫고 나온 게의 집게 끝이 보인다.

상당히 날카롭다.

"도지사님! 괜찮으십니까? 도지사님!"

"끄웅!"

이시하라 신타로가 정신을 잃은 듯 축 늘어지자 운전기사는 뺨을 두드린다.

"이 사람 하체에 심각한 손상이 있어요. 얼른 병원으로 가야 합니다."

"네? 뭐라고요?"

CNN 특파원의 영어를 알아듣지 못한 운전기사는 대체 무슨 말을 한 것이냐는 표정으로 바라본다.

"이 사람 심각해요. 얼른 병원으로 가라고요."

또 한 번 영어로 이야기 했지만 운전기사는 영어를 전혀 모르는 듯 동문서답을 한다.

"이시하라 신타로! 이시하라 신타로! This is Isihara Shintaro!"

손으로 이시하라 신타로를 가리키며 이름을 또박또박 이야기한다. 방금 전 이 사람 이름이 뭐냐고 물은 것으로 받아들인 것이다.

"OK! I see. Hurry up! Go to hospital!"

"뭐라는 거야? 이 사람은 전 도쿄도지사 이시하라 신타로라고. 알았어?"

운전기사는 영어 무식자인 것이 틀림없다. 어쨌거나 CNN 본사에선 금방 자막을 입힌다. 화면에 비추어진 인사가 전 도쿄도지사 이시하라 신타로라는 걸 표시한 것이다.

CHAPTER 07
사용 허가를 요청합니다

"맨날 헛소리나 지껄이더니 쌤통이군."

정순목 권한대행이 중얼거릴 때 화면이 바뀐다. 계속해서
끔찍한 상처를 보여줄 수 없어서이고, 인근에 있던 커다란 건
물이 또다시 붕괴하려는 조짐을 보여서이다.

이때 화면 뒤쪽 누군가가 고함을 지른다.

"All withdrawal! Withdrawal."

"아앗!"

콰르릉! 콰르르르르릉!

화면이 몹시 흔들리며 지면을 비추는가 싶더니 희뿌연 먼

지 연기로 어두워진다.

보도진 뒤쪽 건물이 순식간에 붕괴된 결과이다.

CNN은 제철을 만난 물고기처럼 일본 전역의 영상을 전 세계로 전파했다.

이를 바라보는 시선 중 절반 이상은 냉담이다.

일본이 국제사회의 일원으로서 한 역할이 별로 없었음을 반증하는 반응이다.

같은 시각, 오키나와 주일미군 기지는 몹시도 어수선하다.

모든 장병이 나서서 긴급 철수 작업을 진행하고 있는 때문이다. 달려 있던 레이더 등을 철수하고 있으며 미사일 발사대역시 해체되는 중이다.

이를 위해 본토로부터 긴급 지원병력이 대거 투입되었다.

어느 날 갑자기 바다 속에 잠겨 버릴 수 있다는 경고를 받은 때문이다.

오키나와뿐만이 아니다. 일본 곳곳에 주둔해 있는 주일미군기지 전체가 부산한 움직임을 보이고 있다.

일본에 머물고 있던 미국인들에겐 긴급 대피명령이 떨어졌고, 이들을 태우기 위한 배들이 곳곳에 정박해 있다.

많은 일본인이 이 배를 타기 위해 몰려들었다. 하지만 미군은 이들의 승선을 허락하지 않는다.

일본과 미국의 밀월 관계가 완전하게 끝나는 상황이다.

정순목 권한대행이 화면에 시선을 주고 있을 때 집무실 문이 열리고 계엄사령관이 들어선다.

"권한대행님!"

"네, 어서 오십시오."

계엄사령관은 1일 1회 진행 상황 보고를 위해 권한대행의 집무실을 찾기에 이례적인 일은 아니다.

"앉으세요! 수고가 많으시죠?"

"제가 당연히 해야 할입니다. 자, 여기 보고서입니다."

계엄사령관이 내민 보고서를 받아든 권한대행은 꼼꼼하게 내용을 살핀다.

"욱일회와 일꾼들 전원에 대한 체포가 끝났군요. 수고하셨습니다."

"한일전이 우리를 도왔습니다."

일본과 한판 붙었을 때 계엄령이 선포되었고, 그와 동시에 모든 항만과 공항에서의 출국이 제한되었다. 내국인 대상이었으며 외국인들은 자유롭게 입출국이 가능했다.

이 중 일본인은 예외이다. 입국은 가능하지만 출국은 할 수 없었다.

이처럼 내국인 입출국이 금지되었기에 욱일회와 일꾼들의 명단에 있던 자들 전원에 대한 색출이 가능했다는 뜻이다.

"이들은 현재 어디에 있지요?"

"현재 최전방 GOP 근처 임시 천막에 머물고 있습니다."

"천막이요?"

권한대행은 의아하다는 표정을 짓는다. 자신의 지시와 다른 결과인 때문이다.

"이실리프 그룹에서 북한 지역 군사시설을 이용하는 것이 어떻겠느냐는 제의가 들어왔습니다. 그곳에 수용시키면 탈출이 불가능할 뿐만 아니라……."

임문택 계엄사령관의 말은 중간에 잘렸다.

"그거 좋은 아이디어입니다. 거기에 수용해 놓으면 어느 누구도 손을 못 쓰겠군요. 좋습니다. 이실리프 그룹의 제안을 받아들이세요."

"네, 알겠습니다."

북한군이 사용하던 열악한 시설과 북한의 급식, 그리고 북한군의 삼엄한 경계를 떠올린 권한대행은 마음에 든다는 표정을 지었다.

'욱일회'나 '유능한 일꾼들'이란 명부에 있던 자들은 북한군들을 보는 순간부터 겁에 질려 벌벌 떨게 될 것이다.

"참! 진도 정벌작전은 어떻게 되고 있습니까?"

"그렇지 않아도 그것 때문에 보고드리러 왔습니다. 해군 1함대 사령관 심홍수 소장의 지휘 아래 현재 순조롭게 작전이 진행되고 있습니다."

"저항은 없었답니까?"

권한대행의 물음에 계엄사령관은 고개를 끄덕인다.

"왜 없었겠습니까? 상륙 작전 직전과 직후에 제법 격렬한 저항이 있었지만 함포사격과 상륙 후 일제사 등으로 확실히 제압했습니다."

"아! 그래요? 우리의 피해는요?"

"심 소장이 준비를 잘한 덕분에 전사자는 없고, 부상자만 113명 있습니다. 모두 생명엔 지장이 없구요."

"휴우~! 다행입니다. 정말 다행입니다."

정순목 권한대행은 본인이 내린 결정 탓에 애꿎은 젊은이들이 전장의 이슬로 사라지는 것을 무척이나 염려했다.

그런데 그런 피해 없이 순조롭다니 안도의 한숨이 저절로 나오는 모양이다.

"일본은 어떻습니까?"

"현재 점령 작전이 진행되는 중이라 정확하진 않습니다만 최하 연대 병력 이상이 사살되었습니다."

"그렇군요."

연대 병력이라면 약 2,500명을 뜻한다.

자위대 시절엔 대마도에 육상자위대 4사단 쓰시마 경비대 350여 명과 항공자위대 서부항공경계관제단 예하 100여 명만 주둔해 있었다.

현재는 육군 1개 사단 12,000여 명과 해군 1개 연대 2,500여 명이 배치되어 있다. 공군은 특성상 예전의 병력만 근무하는 중이다.

"아군의 피해가 없도록 확실하게 지원해 주세요."

"물론입니다. 잘 준비된 상태이고, 병사들의 사기 또한 매우 높다고 합니다."

하긴 일본과의 축구나 야구가 아니라 전쟁이다. 피 끓은 대한민국의 젊은이라면 당연히 사기가 높을 것이다.

"진도에 있던 민간인들은 어떻죠?"

"거의 대부분 우리의 경고를 받아들여 그곳을 떠나고 있는데 반대로 유입되는 사람도 상당히 많아졌습니다."

진도는 전역이 전쟁터나 마찬가지이다. 그런 곳으로 올 사람은 급파된 군인 또는 종군기자들뿐이다.

그렇기에 정 권한대행은 고개를 갸웃거렸다. 들어오는 인원수가 많다는 말에 주목한 것이다.

"그래요? 누가 온다는 거죠?"

"노인수와 사사키 노조미 부부를 비롯한 재일교포들과 일본인들입니다."

"아, 재일교포들이요?"

"네, 노인수 씨는 이실리프 그룹 인력담당 일본팀장이고, 사사키 노조미 씨는 부팀장으로 신분이 확인되었습니다."

설명을 들은 정순목은 고개를 끄덕인다. 이실리프 그룹 사람들이라면 충분히 대우해 줘야 하는 때문이다.

"이실리프 그룹 사람들이군요. 근데 그 사람들이 왜……?"

"재일교포와 선량한 양심을 가진 일본인들이라 하는데 전원 이실리프 자치령으로의 이주를 위해 그곳에 대기 중이라 합니다."

"인원이 많은가요?"

"네! 현 인원만 15만 명이 넘습니다."

대마도라 불리는 진도의 면적은 709㎢이다.

약 3만 명이 거주하던 진도에 전체 인구의 5배가 넘는 인원이 몰려든 것이다.

참고로, 진도는 거제도의 약 1.5배 면적이고, 거제도엔 30만 명이 거주하고 있다. 거제도의 인구밀도로 따지면 진도엔 45만 명이 거주해도 된다.

"그들 때문에 진도 정벌 작전에 문제가 있겠군요."

"그건 아닙니다. 이실리프 자치령으로 갈 인원은 한 곳에 집중적으로 뭉쳐 있습니다. 따라서 우리 군의 상륙엔 큰 문제가 없습니다."

"아! 그래요? 그럼 정벌 작전은 그대로 진행하십시오. 그런데 노인수 씨를 비롯한 재일교포 15만 명의 숙식은 어떻게 되고 있습니까?"

"이실리프 그룹에서 텐트와 담요, 그리고 식량과 생활용품 일체를 준비해 놓았습니다."

"역시……!"

정순목 권한대행을 크게 고개를 끄덕였다. 이실리프 그룹의 잠재력을 잘 알고 있으니 충분히 짐작되는 것이다.

"다른 보고 사항은요?"

"이실리프 그룹으로부터 정부미 전량을 매각해 달라는 요청이 들어왔습니다."

유엔 식량농업기구 FAO의 발표에 따르면 북한은 식량부족국가이다. 이 때문에 북한 가구 대부분이 영양 부족을 겪을 것이라고 전망한 바 있다.

아울러 부족한 물량이 약 38만 톤이라 발표했다.

반면, 대한민국은 수년간 이어진 풍년 덕분에 쌀이 남아도는 상황이다. 따라서 정부 비축 물량이 상당히 많은데 이를 어찌 처리할지 고심하던 중이다.

"아! 그래요? 얼마나 필요하답니까?"

"가능한 많이 달라고 합니다."

"도별 비축 물량까지 합치면 얼마나 되죠?"

"약 200만 톤 정도로 파악되었습니다."

"좋습니다. 그걸 보내주죠. 수매 원가에 넘기세요. 관리 비용 줄어드는 것만으로도 이익이니까요."

"알겠습니다. 지시대로 넘기겠습니다."

계엄사령관이 고개를 끄덕이자 정순목 권한대행은 짐 하나를 덜었다는 표정이 된다.

정부에서 보관하고 있는 쌀은 5년이 지나면 헐값에 매각된다. 재고가 잔뜩 있었는데 일거에 치우게 생겼으니 좋은 것이다. 그러다 문득 생각하는 게 있는 듯하다.

"근데 우리 쌀값이 국제 시세보다 훨씬 비싼데도 그런다고 하는 겁니까?"

이실리프 그룹엔 이실리프 무역상사가 있다. 한국에서 생산되는 온갖 것을 자치령에 수출하는 기업이다.

그중엔 한국인의 주식인 쌀도 포함되어 있다. 당연히 국제 쌀값이 훨씬 싸다는 걸 알 것이기에 물은 말이다.

"네! 이실리프 그룹은 북한, 아니, 이실리프 왕국의 부족한 식량문제를 해결하는 한편, 우리 정부의 짐도 덜어주려는 목적이라고 했습니다."

"흐음, 정말 고마운 일입니다. 수매 원가보다 10% 정도 할인된 가격에 공급하도록 하세요. 단, 1년 이상 묵은쌀은 당연히 더 깎아줘야겠지요."

정순목 권한대행의 말이 끝나자 임문택 계엄사령관이 크게 고개를 끄덕인다.

"네! 북쪽에 왕국이 선포되면 주적이 사라지게 됩니다. 그간 이어져온 긴장된 관계가 종식되는 거죠."

군인답게 군사적 관점의 이야기이다.

"그렇지요. 남북한의 긴장관계 해소만으로도 우리로선 큰 이익입니다. 따라서 최대한 저렴한 가격에 공급하세요."

현수 덕분에 해군과 공군의 전력은 크게 업그레이드되었다. 이번 한일해전의 완승이 그것을 증명한다.

일방적인 학살극에 전 세계가 경악하고 있고, 세계 군사력 순위를 조절해야 한다는 의견도 대두되어 있다.

한국으로선 국경을 사이에 둔 적이 없어졌으니 군사분계선에 집중 배치되어 있는 육군의 숫자도 크게 줄일 수 있다.

어쩌면 징병제에서 모병제로 바꾸어도 되는 상황이 될 듯하기도 하다.

어쨌거나 한일해전의 1등공신은 현수이다.

해군과 공군의 전력을 업그레이드시켜 주지 않았다면 패자는 대한민국이었을 것이다.

그리고 아무도 모르는 일이지만 서울을 목표로 한 일본의 1메가톤급 핵미사일 발사를 막은 것도 현수이다.

뿐만 아니라, 일본이 더 이상 선진국 또는 공업국이라는 이야기를 꺼낼 수 없도록 열도 전체를 화산재와 화산 쇄설물로 덮어버린 것도 현수 덕분이다.

핵발전소들은 전부 지각 판 아래로 내려갔고, 수력, 화력

발전소들은 모두 가동이 멈춰졌다. 지반 부동침하 등의 사유로 붕괴되거나 그럴 우려가 심각해진 상태인 때문이다.

전기와 전화선이 끊어지면서 인터넷 사용도 불가능하다.

거의 도로가 엉망진창이 되었으며, 항만은 바닷속으로 사라진 것이 대부분이다. 공항 역시 극히 일부를 제외하곤 사용이 불가능할 정도로 아작이 났다.

자동차와 철강 등 이전까지 생산해 내던 것들을 다시 생산하려면 최소 20년 이상 걸릴 것이다. 사회 기반시설 거의 전부가 재활용 불가능한 쓰레기로 변한 때문이다.

그러는 사이에 한국은 가전 및 반도체 등의 세계 시장을 완벽하게 장악하게 될 것이다. 강력한 경쟁자가 사라졌으니 땅 짚고 헤엄치는 일이다.

따라서 정부가 보유한 쌀 200만 톤쯤은 거저 줘도 된다.

그럼에도 돈을 받으라는 걸 보면 정순목 권한대행은 상당히 고지식한 인물이라는 것을 알 수 있다.

"참, 사회악 척결 부문은 어떻게 되고 있습니까?"

"현재 군과 경찰력을 총동원하여 체포하고 있습니다."

"고리 사채, 조직 폭력, 불량 식품 제조, 폐수 무단 방출, 성폭행, 인신매매, 마약 밀매 등과 관련된 자들인가요?"

임문택 계엄사령관은 크게 고개를 끄덕인다.

"그리고 외국인 조직 폭력배들도 잡아들이고 있습니다."

"흐음, 그렇군요. 빠져나가는 놈 없이 모조리 색출해야 우리 사회가 보다 안전하고 쾌적해질 겁니다."

임문택은 다시 한 번 고개를 끄덕여 전적으로 동의함을 표시한다.

"물론입니다."

"체포 과정에서 마찰은 없나요?"

"일부가 그러긴 했지만 군을 동원하여 제압하였습니다."

조직 폭력배 가운데 일부가 감춰두었던 권총을 꺼내 들고 극렬한 저항을 했었다. 이에 군은 K-21 장갑차를 동원하여 40mm 중기관포로 맞대응했다.

권총 몇 자루로 저항하던 조폭들은 엄청난 파괴력에 깜짝 놀라 두 손을 번쩍 들지 않을 수 없었다.

적의 장갑차는 물론이고 전차까지 잡을 수 있는 중기관포를 어찌 권총 몇 자루로 대항하겠는가!

이날 저항했던 조폭들을 무자비한 폭행을 당했다.

남들에게 휘두르기만 하던 폭력을 자신들이 당하자 두 손을 모아 싹싹 빌며 살려달라고 애원했다.

하지만 자비는 없었다. 당해봐야 그간 자신들의 폭력이 남들에게 어땠는지 알 것이고, 봐줄 이유가 없는 때문이다.

이들은 현재에도 모종의 장소로 이송되어 매일매일 타작당하고 있다.

하루하루가 지옥 같겠지만 놈들에게 당한 사람들을 고려해 보면 배려해 줄 필요가 없어 아무도 제지하지 않고 있다.

하루에 알루미늄 배트 100여 개가 우그러질 정도지만 어느 누구도 눈 하나 깜박이지 않는다.

"다른 문제점은 없나요?"

"한일전 때 국내 재산 처분 후 해외로 출국하려던 자들에 대한 처분이 남아 있습니다."

얍삽한 종자들을 억류해 놓았다는 뜻이다.

"흐음! 우리나라 국민 자격이 없는 놈들이군요. 전부 재산 몰수와 국적 박탈 후 해외로 추방하세요. 아울러 영구 입국 금지 4명단에 올려 놓으시구요."

"지시대로 하겠습니다. 그리고 또 있습니다."

"뭐죠?"

"이실리프 그룹으로부터 진도 일부 지역에 대한 일시 점유 허가 신청이 들어왔습니다."

권한대행은 무슨 뜻인지 단숨에 알아들은 모양이다.

"재일교포 등이 머물고 있는 곳이겠군요. 허가해 주세요. 그리고 지원해 줄 것이 있다면 계엄사령관 전결로 아낌없이 지원해 주시구요."

"알겠습니다. 이상입니다."

"그럼 이제부터 차나 한잔 마시지요."

정순목 권한대행이 인터폰을 누른 후 비서실에 녹차 두 잔을 청했다. 그리고 아주 잠시 침묵이 흘렀다.

비서가 찻잔을 내려놓고 나가자 그제야 권한대행의 입이 열린다.

"오늘 국회 해산을 선포할 생각입니다. 상황을 잘 파악해 주세요."

"물론입니다."

"계엄사령관이 보시기에 차기 대통령은 누가 될 것 같습니까?"

"그야 권한대행께서……."

"아닙니다. 저는 그럴 만한 그릇이 못 됩니다. 전체를 아우를 만한 시야도 없구요."

계엄사령관은 짐짓 해보는 말인지 진심인지를 가늠하느라 잠시 이야기를 하지 않고 있다.

이때 정순목 권한대항이 다시 입을 연다.

"대한민국의 정치권은 너무 오염되어 있습니다. 이 기회에 물갈이가 되어야 하지 않겠습니까?"

"진심으로 국가와 국민을 위해 헌신할 수 있는 인물들로 채워져야지요. 그런 면에서 저는 홍진표 의원을 추천하고 싶습니다."

계엄사령관이 홍진표 의원을 추천한 것은 정계에 입문하

기 전의 행적이 너무 깨끗하기 때문이다.

전방부대 수색대 출신이니 병역필이다. 게다가 박사학위 소지자이며, 식견도 풍부하고 판단력은 갑(甲)이다.

아들은 전방 GOP에서 군복무를 마쳤다.

이중국적도 아니고 부정하게 모은 재산이 없으며, 위장 전입 같은 일도 저지르지 않았다.

부동산 투기도 하지 않았다. 지금껏 부정부패에 연루된 적 없으며, 권력을 이용한 독직도 없다.

그리고 늘 바른 소리만 한다. 이렇게 깨끗한 정치인은 눈을 씻고 찾으려 해도 찾기 힘들 것이다.

게다가 추종하는 무리도 많다. 특히 미래를 짊어질 젊은 층의 열렬한 지지를 받고 있다.

"홍진표 의원… 좋은 분이죠. 학식도 많고, 인간성도 바른 몇 안 되는 정치인 맞습니다. 그런데 세력이 너무 없습니다."

"그렇지 않습니다. 최근 홍 의원을 중심으로 초선의원들 상당수가 결집하고 있습니다."

"그래요?"

"부정부패 척결과 공정한 사회가 되려면 정치권 쇄신만이 답이라는 기치 아래 모인 새로운 정치 세력입니다. 권한대행 님의 뜻과도 일맥상통합니다."

"정의가 살아 있는 사회, 마음 편히 생업에 종사할 수 있는

사회, 그리고 누구에게나 공평한 국가는 없습니다. 그런데 홍
의원에게 맡기면 그렇게 될까요?'

정순목 권한대행은 본인의 바람을 담아 이야기한 듯싶다.

"무엇보다도 이실리프 그룹에서 전적으로 지원해 준다고
합니다. 그렇다면 가능하지 않을까요?"

이실리프 그룹은 덩치가 커도 너무 크다. 정치력으로도 흥
망을 결정할 수 없을 정도이다.

게다가 상장되지 않은 100% 개인기업이기에 외부 자본에
휘둘릴 가능성은 제로에 수렴된다.

하긴 대한민국 영토보다도 넓은 조차지만 셋이 있다. 서민
금융을 대표하는 이실리프 뱅크는 자본금만 300조 원이다.

참고로 다음은 일반 은행들의 자본금 표이다.

2014년 일반은행 자본금 현황 (단위 : 원)	
국민 은행	2조 218억 9,600만
우리 은행	3조 3,813억 9,200만
하나 은행	1조 1,474억 400만
신한 은행	7조 9,280억 7,800만
한국외환 은행	2조 4,845억 3,400만
한국씨티 은행	1조 5,913억 7,200만
스탠다드차타드 은행	1조 3,130억 4,300만

이실리프 뱅크의 자본금은 일반 은행 전부의 자본금을 합
친 것의 15배보다도 많다. 게다가 다른 은행에 비해 금리가

좋기에 서민들의 예금이 물밀 듯 밀려들고 있다.

이실리프 트레이딩은 이를 운용하여 전 세계 증시 등에서 막대한 이익을 취하고 있다.

최근의 투자를 살펴보면 경제 위기 또는 외환 위기를 겪고 있는 국가들에 집중되고 있다.

그냥 놔두면 거대 유태자본에 의한 수탈 대상이 되거나, IMF 등의 횡포에 멀쩡하던 기업들이 갈가리 찢기는 어려움을 겪게 되었을 것이다. 그 결과 막대한 국부가 유출되었을 것이고, 이는 욕심 사나운 자들의 배만 불리는 일이 된다.

하여 우크라이나, 베네수엘라, 에콰도르, 앙골라, 아일랜드, 아이슬란드, 아르헨티나 등에 집중 투자했다.

이실리프 그룹은 이 국가들을 욕심만 많은 늑대들의 발톱으로부터 구원해 준 것이다.

돈을 빌려주거나 투자하는 조건은 간단하다.

대출 커미션은 없으며, 감 내놔라 대추 내놔라 하는 여느 대출 조건과는 사뭇 다르다.

그렇다 하여 무턱대고 대출해 준 것은 아니다. 경제 위기 혹은 외환 위기를 모면하려 노력하는 국가에만 돈이 갔다.

다시 말해 투자된 돈이 독재자들의 주머니로 들어갈 나라들은 배제되었다.

그렇다 하여 아무런 안전장치 없이 대출된 것은 아니다. 대출금에 상당하는 담보를 잡은 것이다.

베네수엘라와 앙골라는 유전이 담보물이다. 우크라이나는 티타늄 광산, 아르헨티나는 철광석 광산이 담보물이다.

현금이 아닌 석유와 광석 등 자원을 이자로 받았기에 위기를 겪고 있던 국가들은 큰 부담 없이 난국을 돌파할 힘을 얻고 있다.

특히, 앙골라를 비롯한 아프리카들의 경우엔 지나가 상당히 많은 투자를 한 상태였는데 이것들을 거의 모두 밀어낼 정도로 지원해 주었다.

언젠가 아프리카 국가들도 개발도상국으로 발돋움할 날이 있을 것이다. 그때 모든 지하자원을 빼앗긴 상태라면 어찌하겠는가! 그래서 아프리카 대륙에서 자원을 싹쓸이하고 있는 지나의 영향력을 제거하기 위해 개입한 것이다.

어쨌거나 어려움을 겪던 국가들은 이실리프 그룹이 웬만한 국가 이상이라는 것을 뼈저리게 느꼈다.

당연히 이실리프 그룹에 대한 우호도는 최상이다.

그렇기에 이실리프 그룹에서 파견한 직원들에게 외교관에게나 부여하는 면책 특권을 주는 국가도 있다.

어쨌거나 일련의 상황은 외신을 통해 국내에까지 전파된 상태이다. 정순목 대통령 권한대행은 얼마 전까지 외교부장관이었기에 이러한 사실을 잘 알고 있다.

이실리프 그룹 덕분에 대한민국의 위상이 크게 올랐음을 가장 먼저 체감한 인사라 해도 과언이 아니다.

그런 이실리프 그룹에서 협조 요청을 했는데, 아직 대한민국 영토에 포함되지 않은 진도의 일부분에 대한 임시 사용 허가이다.

거대 다국적 기업인 이실리프 그룹이 진도가 대한민국의 영토임을 분명히 인정한다는 것을 의미한다.

이실리프 그룹이 인정한다면 러시아, 몽골, 에티오피아, 콩고민주공화국은 물론이고 우크라이나, 베네수엘라, 에콰도르, 앙골라, 아일랜드, 아이슬란드, 아르헨티나 등도 인정함을 의미한다. 이들 나라에 대한 영향력이 커진 때문이다.

국제사회에서 이들의 지지를 이끌어 내려면 많은 공을 들여야 한다. 당연히 돈도 많이 든다.

그런데 그런 것 하나 없이 이런 결과가 기대되니 얼마든지 쓰도록 배려한 것이다.

*　　*　　*

같은 순간, 진도 이즈하라항 인근에는 상당히 많은 사람이 서성이고 있다.

"아아! 모두 여기로 집중해 주십시오."

누군가 커다란 트럭 위에 올라서서 확성기로 소리치자 모두의 시선이 쏠린다.

"혹시 저를 모르시는 분들이 있을까 싶어 다시 한 번 인사드립니다. 저는 이실리프 그룹 일본팀장 노인수입니다."

"아아, 저는 부팀장 사사키 노조미입니다."

사람들의 시선이 쏠리자 노인수가 다시 확성기를 든다.

"다들 아시겠지만 이곳에 머무는 것은 임시입니다. 이곳 이즈하라에 머물고 계시면 이실리프 그룹에서 배편으로 여러분을 안전하게 모실 겁니다."

노인수의 말이 끝나자 누군가 소리를 지른다.

"다 좋은데 이제 곧 밤입니다. 어디서 잡니까?"

항구도시 이즈하라는 1만 5천여 명이 살던 도시이다. 그런데 10배나 되는 인원이 몰려 있으니 당연한 질문이다.

"일단은 이곳의 빈 건물 어디든지 사용하셔도 좋습니다. 건물이 싫으시면 저희 회사에서 마련해 놓은 텐트를 사용하셔도 됩니다."

CHAPTER 08
맥마흔 도착

"배가 고픈데 음식은 어떻게 됩니까?"

"곳곳에 식재료와 버너 등을 준비해 놓았습니다. 원하시는 만큼 가져다 쓰시면 됩니다."

"화장실은 어떻게 됩니까?"

"임시 화장실도 충분히 준비되어 있습니다. 그래도 인원이 많아 사용에 불편함이 있을 겁니다. 며칠만 지나면 여러분께서 거주하실 곳으로 옮겨갈 것이니 그때까지만 참아주시기 바랍니다."

노인수의 말이 끝나기 무섭게 이것저것을 묻는 목소리가

높아졌다.

다들 살던 터전과 직장을 버리고 왔다. 모든 것을 처분한 엔화를 손에 쥐고 있지만 불안하다. 열도 전체가 바다 속으로 잠기면 휴지로도 못 쓰는 것이 될 것이기 때문이다.

게다가 이제 곧 평생 한 번도 생각해 보지 않은 미지의 땅으로 가게 된다.

그곳에 어떤 것이 기다리고 있을지 알 수 없다. 이실리프 그룹이 제시한 대로 정말 살기 편한 곳이기를 바랄 뿐이다.

"혹시 우리가 가진 엔화를 달러화나 다른 것으로 바꿔주실 수 있습니까?"

누군가의 물음에 노인수는 시선을 돌려 누군가 확인했다. 도쿄 최고급 음식점 조조엔의 사장과 그 일가이다.

노인수가 현수를 접대했던 곳이라 잘 알고 있는 사람이다.

"여러분께서 지니고 계신 엔화 등에 대한 교환에 대해 설명하겠습니다."

모두의 시선이 확 쏠린다.

"갖고 계신 것은 모두 다른 화폐로 교환 가능합니다. 내일 오전 제비뽑기를 하여 이곳을 떠날 순서가 정해질 겁니다."

한꺼번에 15만 명을 실어 나를 수 있는 배가 없는 한 당연한 이야기이다.

"순서가 정해지만 이틀 후부터 이곳을 떠나게 되는데 그

전에 저희가 마련한 화폐교환소에서 원하시는 화폐로 바꾸실 수 있습니다. 환율은 오늘을 기준으로 할 예정입니다."

"우리가 가는 곳에서는 어떤 화폐를 사용합니까?"

"이실리프 왕국은 고유의 화폐를 사용하고 있습니다."

잠시 말을 멈춘 노인수는 지갑에서 여러 종류의 지폐와 동전을 꺼내 들었다.

"그곳에서 쓰는 화폐의 단위는 '밤(BAM)' 입니다. 참고로 BAM은 'Benefit all mankind' 의 이니셜로 이루어진 말입니다. 이게 무슨 뜻인지는 아시죠?"

노인수의 질문에 다들 입을 다문다. 그런데 트럭 아래에 있는 청년이 입을 연다.

"그거 혹시 홍익인간(弘益人間)을 뜻하는 말입니까?"

"맞습니다. 삼국유사(三國遺事) 기이편(紀異篇)에 실린 고조선(古朝鮮) 건국신화에 나오는 말로, '널리 인간 세계를 이롭게 한다' 는 뜻이지요."

노인수의 말이 끝나자 다들 의아해하는 표정이다. 하긴 일본에서 삼국유사를 가르쳤을 리 없으니 당연한 일이다.

이때 조금 전의 청년이 소리친다.

"삼국유사는 고려 충렬왕 때 보국각사 일연이 지은 역사서입니다. 고조선은 민족의 시조이신 단군께서 건국하신 조선으로 위만조선과 구분하기 위해 고조선이라 하는 겁니다."

청년의 말이 끝나자 대다수 재일교포들을 고개를 끄덕인다. 언젠가 한 번은 들어본 말이기 때문이다.

반면 일본인들은 고개를 갸웃거린다. 알아들을 수 없는 말인 때문이다. 그러거나 말거나 노인수의 설명은 이어진다.

"1밤은 한국 돈으로 10원의 가치를 지녔습니다. 지폐는 100밤, 500밤, 그리고 1,000밤짜리가 있습니다. 동전은 1밤, 5밤, 10밤짜리가 있습니다."

노인수의 말이 끝나자 조금 전 설명했던 청년이 다시 입을 연다.

"그거 혹시 태환화폐인가요, 불환화폐인가요?"

태환화폐란 돈을 가져가면 그 가치에 맞는 금이나 은을 받을 수 있음을 의미한다.

참고로 대한민국의 화폐는 불환화폐이다.

"이실리프 왕국에서 사용되는 고유 화폐는 태환화폐라 할 수 있습니다. 보유한 양만큼의 금괴를 별도로 보관하고 있음을 의미합니다."

노인수의 말이 끝나자 청년이 입을 연다.

"그럼 여기서도 밤으로 화폐 교환이 가능합니까?"

"물론입니다. 환율에 따라 교환해 드릴 것이니 안심하셔도 됩니다."

노인수의 말이 끝나자 또 다른 질문이 이어졌다. 모든 것이

불안하니 물을 게 많은 것이다.

노인수와 사사키 노조미는 조금의 짜증도 부리지 않고 친절하게 응대했다. 그렇게 두 시간이 지났다.

저녁때가 된 것이다.

"저희 이실리프 그룹은 이즈하라항 상점마다 생활용품과 식재료들을 준비해 놓았습니다. 필요하신 만큼 가져갈 수 있으니 이제 해산하십시오."

말이 끝나기 무섭게 일제히 산개한다. 혹시라도 식량이 부족할까 싶어서인데 이는 기우이다.

"휴우~! 한시름 놓았네."

"수고하셨어요, 자기!"

노인수를 바라보는 사사키 노조미의 눈빛은 매우 다정스러웠다.

"수현이와 현지는?"

"아버님, 어머님께서 맡아주고 계셔요. 가요. 맛있는 저녁 지어드릴게요."

노인수와 사사키 노조미 사이에서 태어난 쌍둥이는 수현과 현지라 이름 붙여졌다. 현수와 지현 부부의 이름을 거꾸로 해서 지은 이름이다.

"그럴까?"

노인수의 눈빛에 은근함이 어린다.

"여기선 셋째 만드는 게 좀 그렇잖아요. 아직 아이들도 어리구요. 안 그래요?"

"그런가? 그럼 맛있는 저녁이나 먹어야겠군."

팔짱을 낀 부부는 서둘러 숙소로 이동했다. 뒷모습이 참으로 다정해 보여 많은 사람이 바라보고 있었다.

*　　　*　　　*

마일티 왕국 공작가의 후손 헤럴드 폰 하시에라가 이끄는 테라카 요새를 떠난 현수는 로렌카 제국의 수도 맥마흔에 다시 입성했다.

"흐음! 여길 와본 지도 3년이나 지났군."

상당히 많은 사람이 오가는 것은 마찬가지이지만 약간은 달라졌다. 전에 비해 민간인들은 줄고 흑마법사들이 늘어난 듯싶은 것이다.

이들 사이를 누빈 끝에 당도한 곳은 '황야의 굶주린 여우'라는 괴상한 이름의 간판을 달고 있는 주점이다.

삐이꺽—!

"어서 옵셔!"

카운터에서 컵을 닦고 있던 사내는 문이 열리며 누군가 들어서자 의례적인 대꾸를 한다. 어두컴컴한 실내엔 12개의 6인용 테이블이 있는데 그중 여덟이 채워져 있다.

저벅, 저벅, 저벅─!

"어서 오슈! 혼자 오셨소?"

현수가 대꾸 대신 고개를 끄덕이자 사내는 마음에 드는 테이블에 앉으라는 눈짓을 한다.

현수는 자리에 앉는 대신 사내의 앞으로 다가갔다.

"그런데 말이오, 검은 고블린의 혓바닥을 뽑고 싶은데 혹시 있소?"

"…검은 뭐라고 했소?"

"검은 고블린의 혓바닥을 뽑고 싶다고 했소이다."

"으음! 이쪽으로 오슈!"

슬쩍 손님들의 눈치를 본 사내는 현수를 주방으로 안내했다. 그러는 동안 고개를 갸웃거린다.

사내는 무심한 듯 고저장단도 없는 억양으로 묻는다.

"관에 핀 꽃은 무슨 색이었소?"

"초록색이라오. 모두 156송이였다오."

"흐음……! 따라오시오."

삐이꺽─!

마찰음이 나는 문을 열고 들어선 사내는 곧 다른 문을 열고 들어서며 다시 묻는다.

"그런데 검은 칼은 본 적 있소?"

"그렇소. 여러 자루 부러뜨렸소이다."

사내는 더 이상 묻지 않고 복도를 따라 들어갔다. 현수는 잠자코 그의 뒤를 따랐다.

그렇게 아홉 개의 문을 열고 들어서자 비로소 방이 나타난다. 중앙에 작은 탁자가 하나 있고, 주변에 의자 몇 개가 있을 뿐인 단출한 방이다.

"손님의 신분을 밝혀주시겠소? 전갈받은 바 없는데 불쑥 나타나서서 확인 좀 해야겠소이다."

다른 문의 고리를 잡고는 다시 한 번 묻는다. 이때 지금까지 와는 달리 젊음 음색으로 대꾸했다.

"라트보라 남작! 나요. 핫산 브리프!"

"…누, 누구요?"

말도 안 된다는 표정으로 현수를 바라본다. 하긴 현재의 모습은 50세쯤 된 중년인의 모습이다.

어찌 핫산 브리프라 짐작하겠는가! 하여 라트보라 남작이 놀라는 표정을 지을 때 현수의 얼굴이 스르르 변한다.

"날세, 핫산 브리프! 그간 잘 있었나?"

"아아! 마탑주님. 저, 정말 오래간만입니다. 어떻게 된 겁니까? 저는 마탑주님께서… 그때 잘못되신 줄 알고……."

라트보라 남작은 진심으로 걱정을 했는지 말을 제대로 잊지도 못 한다.

"나야 잘못될 일이 없지. 그나저나 라트보라 남작의 얼굴을 보니 그간 잘 있었던 모양이군."

현수는 말을 내렸다. 이곳 로렌카 제국의 작위만으로도 그러한 때문이다.

"네, 그럼요! 저야 잘 지냈습죠. 근데 그간 어디에서 어떻게 지내셨습니까?"

"나? 한적한 곳에서 흑마법사들을 모조리 때려잡을 마법을 구상하느라 한참 애를 썼지."

"그, 그래서 성과가 있으셨습니까?"

혜성처럼 나타난 핫산 브리프가 맥마흔을 휘젓고 사라진 후 말이 많았다.

수없이 많은 마법 공격에 격중당했다곤 하지만 시신이 손톱 끝만큼도 남지 않았다는 것 때문이다.

죽었다는 쪽에 무게를 둔 자들은 현수가 너무 많은 마법에 노출되어 신체가 일시에 증발한 때문이라 하였다.

그렇지 않은 쪽은 한 줌이라도 남은 마나로 텔레포트 또는 워프 마법을 구현시켜 위기를 탈출했을 것이라 짐작했다.

모일 때마다 갑론을박이 오갔지만 결론은 내려지지 않았다. 결정적인 증거가 없는 때문이다.

이런 날들이 계속되자 황태자가 나서서 정리를 했다.

"들어라! 핫산 브리프의 시체는 없었다. 따라서 그의 죽음은 증명되지 못했다."

황태자의 시선을 받은 후작과 공작들은 고개를 끄덕였다. 가장 타당한 말이라는 것을 누구보다 잘 알기 때문이다.

이때 황태자의 발언이 이어진다.

"핫산 브리프는 10서클 마법사이다. 최후의 한 수쯤은 분명히 있을 터! 어딘가에 텔레포트된 것으로 짐작하니 모든 수사력을 기울여 위치를 파악한 후 즉각 보고하라."

"네! 황태자 전하."

모두가 승복할 때 다시 말이 이어진다.

"아다시피 웬만한 전력으론 그를 포위하는 것 자체가 죽음을 자초하는 일이다. 따라서 쓸데없는 공명심을 부리지 말고 발견 즉시 보고토록 단단히 이르라!"

"존명!"

9서클 마법사가 수십 명이나 죽어나갔다. 원로원에서 온 아홉 리치조차 모조리 제압당해 버렸다.

황태자의 말처럼 함부로 덤비는 것은 당랑거철[10]이나 다름없는 일이다. 공작과 후작들 모두 절감하는 일이기에 얼른 허리를 꺾은 것이다.

"아울러 모든 공작과 후작들에게 수도에 머물라. 황제 폐하의 안위가 심히 걱정되는도다."

---

10) 당랑거철(螳螂拒轍) : 사마귀가 수레바퀴를 막는다는 뜻으로, 자기의 힘은 헤아리지 않고 강자에게 함부로 덤빔을 이르는 말.

혹시라도 핫산 브리프가 되돌아 왔을 때 너무 숫자가 적으면 당할 수 있다는 것을 알기 때문이다.

하여 황제와 황태자를 보호하기 위해 8서클 이상인 마법사 전원이 현재까지 수도에 머무르고 있다.

그날 이후 로렌카 제국의 흑마법사들은 전국 각지를 그야말로 샅샅이 뒤졌다. 조금이라도 수상하면 무조건 체포한 뒤 무자비한 고문을 서슴지 않았다.

반 로렌카 전선은 분위기가 심상치 않음을 확인하곤 일제히 움츠러들었다. 파견했던 인원 중 귀환 가능한 자들은 원대복귀를 명령했고, 그렇지 못한 자들은 숨죽인 채 사태의 추이만 지켜보도록 했다.

그럼에도 상당히 많은 반 로렌카 일원이 체포되어 형장의 이슬로 사라졌다. 본인들의 조심스럽지 못한 행실 때문이니 누굴 원망할 일은 아니다.

그날 이후 수도 맥마흔은 흑마법사들의 도시가 되었다.

그들은 칙칙한 분위기를 풍겼고, 음울한 기운과 무자비하면서도 잔인한 행실을 서슴지 않았다.

수많은 여인이 간살당했으며, 시신은 식재료가 되어 흑마법사들의 식탁에 올랐다.

지난 3년간 새롭게 만들어진 인육 조리법이 로렌카 제국이 건국된 이래 가장 많을 정도이다.

그중 가장 널리 알려진 사건은 황태자가 신하들과 함께 자신의 차비(次妃)를 요리해 먹은 것이다.

차비는 투기가 심했고, 잔소리가 많았다.

황태자는 수시로 귀찮게 한다는 이유로 그녀를 죽였고, 조리대에 올리도록 했던 것이다.

팔은 굽고, 다리는 쪘다. 염통과 허파는 전골의 재료가 되었고, 간은 회로 떠져 식탁에 올려졌다.

몸통 부분의 살들은 편육으로 저며져 해(젓갈)로 담가졌다.

'해'란 젓갈이란 뜻인데, 옛날의 가혹한 형벌의 하나로 사람을 죽인 후 살을 잘게 저며 젓갈을 담는 것이다.

흑마법사들의 잔악함을 잘 알고는 있었지만 황태자비까지 그렇게 당하는 것을 본 이후 상당히 많은 사람들이 수도를 떠났다. 겁이 나서 살 수가 없는 것이다.

예전에 비하면 상당히 많은 수가 빠져나갔다. 비율로 따지면 약 7할이다. 나머지 3할만 해도 상당히 많은 숫자이다.

제국의 수도이니 당연한 일이다.

그럼에도 여전히 많은 사람이 맥마혼에 거주하고 있다. 흑마법사들을 상대로 장사하는 사람이 대부분이다.

"여긴 어떤 일로 오신 겁니까?"

"흐음! 이곳에 오기 전 테라카 요새에 머물렀네. 그런데 이곳에 대한 정보가 너무 없더군."

"그럴 겁니다. 그날 이후 출입이 너무 조심스러우니까요. 저만 해도 수도 바깥으로 나가본 게 벌써 1년하고도 반이나 지났으니까요."

"허어! 그렇게 감시가 심한가?"

"네! 누구든 수상한 자를 신고하도록 되어 있습니다. 신고 결과 반 로렌카 전선의 일원이거나 거수자일 경우 상당한 포상이 내려집니다."

"그렇군. 그래서 이곳의 상황이 일절 외부에 알려지지 않았나 보군."

"맞습니다. 어쨌거나 무엇이 궁금하신지요?"

"이곳 전반에 대한 정보가 필요하네. 가능한가?"

"시간을 주셔야겠습니다. 오랜만에 동지들에게 연락하여 각자가 가진 정보를 취합해야 하니까요."

현수는 고개를 끄덕였다. 자신이 올 거라 생각하고 미리 정보를 모아놓았을 리 없기 때문이다.

"시간이 얼마나 걸리겠나?"

"사흘! 사흘만 주십시오. 전 같으면 하루면 되었겠지만 워낙 감시의 눈초리가 많아 그 정도 시간은 주셔야 합니다."

"그래, 그러지! 그나저나 이곳에 머물 곳은 있나?"

"…누우실 자리야 있지만 저택으로 가실 게 아니십니까?"

"저택? 무슨 저택?"

맥마흔에 집을 사놓은 적이 없으니 이해가 안 된 것이다.

"황태자께서, 아니, 황태자 놈이 마탑주님께 하사, 아니, 준다고 했던 정복자의 길에 있는 저택 말입니다."

그러고 보니 기억나는 게 있다.

"로렌카 제국의 전임 재상이었던 알폰소 공작의 저택을 말하는 건가?"

현수의 물음에 라트보라 남작의 고개가 크게 끄덕여진다.

"믿어지지 않으시겠지만 핫산 브리프 님은 여전히 로렌카 제국의 공작님이십니다. 정복자의 길에 있는 저택은 현재 브리프 공작가로 불리고 있습니다."

"…무슨 수작이지?"

현수는 이해가 안 된다는 표정을 지었다. 9서클 대마법사들을 죽이고, 원로원에서 파견한 리치들까지 해쳤다.

제국의 마법사들을 상대로 끝까지 저항을 했음에도 여전히 작위가 유지되고, 주겠다던 저택도 그대로 주었다니 고개가 절로 갸우뚱해진 것이다.

"황태자는 자존심이 매우 강한 인물입니다. 마탑주님은 그런 황태자가 인정한 몇 안 되는 인물 가운데 하나이구요."

"그래서?"

"자신이 내린 작위를 거두지 않고, 본인의 입으로 한 약속을 지킴으로써 스스로의 자존심을 지키고 있는 것으로 생각

됩니다. 참, 영지는 황태자가 직접 지목한 대리인이 맡아서 경영하고 있습니다."

"영지까지? 흐음! 자존심이 강하다……."

현수는 잠시 말을 끊었다.

이를 본인이 한 말에 동조한다는 뜻으로 받아들인 라트보라 남작은 계속해서 말을 잇는다.

"참, 공작가엔 공작부인들께서 머물고 계십니다."

"공작부인들? 누구의 부인이지?"

"그야 마탑주님의 부인들이시죠. 싸미라 브리프 폰 가르멜 님께서 1부인이시고, 2부인은 아만다 님, 3부인은 스타르라이트 님, 그리고 4부인은 도로시 님이십니다."

"……!"

싸미라야 그렇다 쳐도 아르센 대륙 도델 왕국의 공주인 아만다 프러페 반 도델과 테이란 왕국 후작가의 딸 도로시 칼라폰 발렌틴, 그리고 농노의 딸 스타르라이트는 30년에 한 번 개최되는 영주 선발 대회의 상품이었다.

공작위가 확정된 뒤 고르라 하여 골랐을 뿐이다. 단순히 몸매가 아름답고 얼굴이 예뻐서 선택한 것은 아니다.

당시 164번 미녀 다프네와 인접된 번호였기에 아무 생각 없이 선택한 번호가 161번과 162번, 그리고 163번이었다.

얼굴과 몸매를 못 본 것은 아니지만 현수의 관심을 끌지는 않았다. 얼른 다프네를 데리고 가야 한다는 생각이 머릿속 가득하던 때이기 때문이다.

어쨌든 로렌카 제국의 법도에 의하면 영주 선발 대회에서 하사된 미녀는 반드시 품도록 되어 있다.

좋은 유전자를 지닌 후손이 태어나도록 하여 국가에 이바지해야 하는 때문이다.

로렌카 제국의 황태자 슐레이만 로렌카는 아만다와 도로시, 그리고 스타르라이트도 공작부인으로 인정했다.

핫산 브리프 휘하에 별다른 세력이 없으므로 황궁 근위대원 중 일부를 파견하여 브리프 공작가의 경호를 담당하도록 하였다. 물론 경호보다는 감시가 우선이다.

현수가 사라진 후 싸미라를 비롯한 네 여인은 엄중한 문초를 받았다. 공작부인이기에 고문을 가하지는 않았다.

현수와 주고받았던 모든 대화를 기억하게 하여 일일이 확인 작업을 했다. 대체 무슨 이유로 공작이라는 지고한 작위를 얻었음에도 제국에 반(反)했는지를 확인하는 작업이었다.

"가시겠다고 하면 제가 모시겠습니다."

"남작이?"

"네! 언제고 마탑주님께서 오시면 모시려고 브리프 공작가까지 비밀 통로를 파두었거든요."

"허어, 이런……!"

현수는 라트보라 남작을 새삼 바라보았다.

언제 올지 모르는 사람을 위해 엄청나게 긴 거리의 터널을 뚫어놓았다는데 어찌 다시 보지 않을 수 있겠는가!

"고맙군. 뭐로 보답하지?"

"아닙니다. 마탑주님 덕분에 로렌카 제국 놈들의 코가 납작해진 것만으로도 충분합니다."

아직도 강력하긴 하지만 로렌카 제국의 마법 전력은 최상위 9서클 마법사가 대거 줄어들었다. 반 로렌카 전선의 일원들은 그 소식만으로도 속이 다 시원했다.

현재 9서클에 있는 자 가운데 상당수가 자신들의 국가를 멸망으로 몰아간 장본인인 때문이다.

라트보라 남작 역시 현수 덕분에 통쾌함을 느꼈다.

하여 길고 긴 터널을 뚫어놓은 것이다. 언제고 도움이 되고 싶어서이다.

"그나저나 자네에게 부탁할 것이 있네."

"말씀만 하십시오."

라트보라 남작은 형형한 눈빛으로 현수를 바라본다.

"아는지 모르겠지만 조만간 4서클 이상인 마법사들 전원이 수도로 집결할 것이네."

"아! 저도 그 소문 들었습니다. 그런데 그거 헛소문이라는 말이 있더군요."

"그게 벌써 이곳까지 소문이 번진 모양이군."

현수는 '발 없는 말이 천 리를 간다'는 속담이 사실이라는 것을 새삼스레 깨닫고는 빙그레 미소 지었다.

"그 소문 내가 퍼뜨린 거네."

"네? 마탑주님께서 왜요?"

라트보라 남작은 이해되지 않는다는 표정이다.

로렌카 제국의 4서클 이상 마법사의 숫자는 대략 30만 명 이상일 것이라 추측된다. 이들을 모두 수도로 집결시켜 놓고 대체 무엇을 하려는지 알 수 없어서이다.

지난번 대결에서 로렌카 제국의 9서클 마법사 다수가 목숨을 잃거나 부상을 당했지만 패자는 현수이다.

이쪽은 약간의 피해를 입었지만 현수는 치명상을 당했을 것이라는 것이 중론이기 때문이다.

그동안 10서클과 9서클의 차이는 하늘과 땅만큼 차이지는 것으로 알려져 있다.

9서클 마법사들이 반신지경에 올라 있다면 10서클 마법사는 신계를 관장하는 존재 정도로 여겼다.

그렇기에 로렌카 제국의 황제에게 유일하게 남아 있는 소원이 10서클 마법사가 되는 것이었다.

제국의 마법사 중 가장 먼저 9서클에 오르는 영광을 이미 맛보았다. 9서클 마스터에 이른 것도 최초이다.

그런데 세월이 지남에 따라 점차 9서클 마법사들의 숫자가 늘어나기 시작했다. 드래곤을 사냥한 뒤 얻은 드래곤 하트를 하사한 결과이다.

그때는 9서클 마법사가 많을수록 저항하는 이들에게 강력한 철퇴를 내릴 수 있으며, 숨죽인 채 보복하려는 드래곤들을 보다 쉽게 사냥할 수 있었기 때문이다.

그 결과 황제에 버금갈 실력을 지닌 마법사만 80명이 넘는다. 권위를 훼손당했다 생각한 황제는 명실상부하게 모든 마법사를 내려다보는 우월한 존재가 되고 싶었다.

그래서 두 개의 심장을 가진 존재를 만들어보라는 지시를 내렸던 것이다.

실험에 성공하면 보다 쉽게 10서클에 오를 것이고, 9서클 마법사들은 얼마든지 대적해 낼 것이라 생각해 왔다.

그런데 현실은 생각과 달랐다.

현수는 완벽한 10서클 마스터였다. 사용한 마나의 양을 계산해 보면 드래곤 하트 두 개에 담긴 것보다도 많았다.

그런데 다구리를 견뎌내지 못했다. 황제로서는 맥 빠지는 결과였을 것이다.

어쨌거나 현수가 보복을 위해서 왔다면 은밀히 다가가 한 방 찔러놓고 빠지는 전술을 써야 한다. 이런 게릴라전을 통해 축차 소모를 시켜야 승산이 있기 때문이다.

그러더라도 꼬리가 길거나 제국군의 간계에 빠지면 금방 포위망이 구축될 것이다. 황실 직할인 제국 특수첩보단원들의 능력은 결코 허무맹랑하지 않기 때문이다.

현수가 정말 대단한 10서클 마법을 새롭게 창안해 내지 않았다면 이전처럼 9서클과 8서클 마법사들에게 포위된 채 서서히 마나 고갈을 느끼다 제압될 것이다.

이런 경우를 상정하여 수도에 머물고 있는 고서클 마법사 전원이 보름에 한 번씩 모여 포위망 구축작전을 연습한 바 있기 때문이다.

어쨌거나 라트보라 남작의 생각엔 각개격파를 하며 적의 전력을 조금씩 줄이는 것이 상수이다. 그런데 거꾸로 적의 세력을 한곳에 결집시킨다니 의아할 뿐이다.

"그럴 만한 이유가 있어 그리했네."

"아……!"

라트보라 남작은 낮은 감탄사만 터뜨렸다.

이곳에 '봉황의 깊은 뜻을 뱁새가 어찌 알겠느냐'는 속담은 없지만 그런 의미로 받아들인 것이다.

"소문을 더욱 그럴듯하게 포장해 주게."

"제가 듣기론 앞으로 한 달 이내로 들었습니다. 한 달 이내라면 건국기념일이 있는데 그날이라 하면 되겠습니까?"

"건국기념일?"

"네! 건국기념 행사 때문에 집결하라 한 것이라면 설득력이 있지 않겠습니까?"

"흐음! 그거 괜찮군. 기왕이면 9서클 마법사가 모두 모여 마나샤워를 베풀 것이라 하게."

"마나샤워요? 아, 그거 좋은 생각이십니다."

CHAPTER 09

소문 좀 내주게

전능의팔찌

THE OMNIPOTENT
BRACELET

　마법사들 가운데에는 마나를 모으는 데 소질이 없는 자가 있다. 깨달음을 얻었다 하더라도 그에 합당한 마나가 축적되어 있지 않으면 새로운 서클이 생겨나지 않는다.

　이럴 때 순도 높은 마나샤워를 할 수 있다면 단숨에 새로운 서클을 형성시키게 된다.

　따라서 건국기념일 행사 때 특별히 황제가 은총을 내리려 한다고 소문을 내면 그럴듯하다.

　"그런데 자네 혼자 소문을 낼 수 있겠나?"

　"수도의 여관과 선술집, 그리고 살롱의 3할이 반 로렌카 전선과 선이 닿아 있습니다."

"아! 그럼……."

무슨 말을 더 하겠는가!

선술집과 살롱은 가장 빨리 소문이 번지는 곳이다. 두 곳의
공통점은 술을 마시는 장소라는 것이다.

그런데 이곳의 풍습은 한 번 마시기 시작하면 끝장을 본다.
따라서 웬만해선 맨 정신인 자가 드물 것이다.

이는 유언비어를 퍼뜨리는 데 아주 적합하다.

누가 최초 유포자인지를 완벽하게 감출 수 있다.

듣기는 들었는데 누가 말한 것인지 술에 취해 기억 못 할
것이기 때문이다.

그런 곳이 무려 3할이라 한다.

"한데 위험하진 않겠는가?"

"소문 퍼뜨리는 것 정도는 누워서 식은 스튜 먹기보다 쉽
습니다. 자주 해오던 일이거든요."

반 로렌카 전선을 위한 정보 수집 및 불안감 조장 등이 맥
마흔에 침투해 있는 요원들의 임무이다. 라트보라 남작의 말
처럼 늘 하던 일인지라 어렵지는 않을 것이다.

"아울러 소문 하나를 더 퍼뜨리게."

"말씀만 하십시오."

"마법사가 아닌 사람들, 아! 3서클 이하는 예외이네."

"무슨 말씀이신지요? 3서클 마법사는 마법사도 아니라는 말씀이신 건지요?"

10서클 마법사가 볼 때는 그럴 수도 있기에 하는 말이다.

"정정하지. 조만간 수도에 전염병이 돌 것이네. 3서클 이하 마법사들과 일반인들은 역병이 돌면 화를 당할 수 있으니 가급적 수도에서 멀리 떨어진 곳으로 가라고 하게."

"전염병이요?"

라트보라 남작은 눈을 크게 뜬다. 로렌카 제국이 건국된 후 전염병이 여러 번 돌았다. 그중 가장 많은 사망자를 낸 것은 '프랜들린' 이라는 질병이다.

지구로 치면 유행성 뇌척수막염인데 고열과 두통, 그리고 구역질과 목이 뻣뻣해지는 느낌을 받는 것이다.

문란한 성생활을 일삼던 흑마법사들 사이로 그야말로 순식간에 번졌다. 아무렇지도 않다가 증세가 나타나면 불과 2~3일을 넘기지 못하고 죽음에 이르렀다.

힐링이나 큐어는 물론이고, 컴플리트 힐이나 리커버리 같은 고위 마법으로도 제어되지 않았다.

사망자가 속출하자 제국은 발병 원인을 찾아 나섰다. 그러는 동안 죽은 흑마법사의 수만 10만 명이 넘었다.

결국 전염 경로가 파악되었다. 환자의 입과 코에서 나오는 물질과 직접 접촉하면 전염되었던 것이다.

이를 확인한 즉시 황제는 전국에 키스 금지령을 내렸다. 그리고 현재까지도 황제의 칙령은 유효하다.

그 내용 중 일부를 보면 '어떤 여인이든 키스를 하게 되면 종신토록 그 사내에게 영혼의 지배를 받는다' 는 것이다.

다시 말해 몸과 마음을 바쳐야 함은 물론이고 지극 정성으로 수발을 들어줘야 한다는 것이다. 그렇기에 파티마가 현수에게 그처럼 절절맸던 것이다.

이는 여인들을 위한 것이 아니라 흑마법사들의 문란한 성생활에 경종을 울리려는 조치였다. 손뼉도 마주쳐야 소리가 나는 법이니 여인들이 강력하게 거부하도록 한 것이다.

어쨌거나 전염병이라는 말을 듣자 라트보라 남작은 화들짝 놀라는 표정을 짓는다.

기록을 보면 '프랜들린' 이라는 전염병에 걸린 사람들은 죽기 전까지 지옥과 같은 고통을 겪었다고 쓰여 있다.

그런 고통을 겪고 싶은 사람은 없기에 놀란 것이다.

"저, 정말이십니까? 정말 수도에 전염병이 창궐하게 되는 겁니까?"

흑마법 중에 대상자로 하여금 시름시름 앓게 하다 죽음에 이르게 하는 것이 있기에 물은 말이다.

"그렇다는 것이네. 아무튼 소문을 내서 4서클 이상인 마법사가 아닌 사람들은 모두 수도에서 빠져나가도록 하게."

"그게… 그건 쉬운 일이 아닙니다. 귀족들의 수발을 드는 시종이나 시녀 등은……."

"그들도 건국기념일엔 수도를 벗어나도록 소문을 퍼뜨려 주게. 그래야 목숨을 부지할 것이네."

"그럼 그날……!"

라트보라 남작은 건국기념일에 무지막지한 마법을 구현시키려는 것으로 생각했다. 눈빛으로 맞느냐고 물었기에 현수는 고개를 끄덕여 주었다.

"건국기념일을 D—Day로 잡았네. 그날 수도에 아주 큰 변고가 있을 것이네. 그날 수도를 벗어나지 않으면 아마도 목숨을 잃을 것이야."

"아……!"

라트보라 남작은 나직한 탄성을 냈다.

맥마흔은 제국의 수도답게 상당히 큰 도시이다.

그런데 수도에 어마어마한 변고가 있을 것이라 하는 현수의 말에 무지막지한 10서클 마법을 떠올렸다.

가장 먼저 엄청난 열기를 동반한 시뻘건 화염의 폭풍이 불거나, 모든 것을 무너뜨릴 듯 쇄도하는 대홍수를 떠올렸다.

곧이어 땅거죽이 쫙쫙 갈라지며 시뻘건 용암이 솟구치는 지진과 하늘로부터 커다란 바윗덩어리들이 무수히 쏟아져 내리는 미티어 스트라이크의 업그레이드판을 생각했다.

이런 상황이라도 고서클 흑마법사들은 마법으로 막아내거나 피할 수 있을 것이다.

화염과 홍수, 그리고 운석에 의한 공격은 배리어나 앱솔루트 배리어를 중첩시켜 막아낼 수 있을 것이다.

땅거죽이 흔들리며 갈라지는 지진의 경우는 플라이 마법, 또는 텔레포트만으로도 간단히 해결된다.

반면 3서클 이하 마법사를 포함한 민간인들은 이럴 만한 능력이 없다. 그렇기에 피하라는 뜻으로 이해한 것이다.

"아마도 그날 수도에 남아 있는 사람들은 지위 고하를 막론하고 살아남기 힘들 것이네."

"9서클 마법사들도 그러합니까?"

반신지경에 있는 존재들이니 그들은 어렵지 않게 피할 수 있을 것이라는 대답을 기대했다. 그런데 현수의 대꾸는 전혀 기대에 부응하지 않았다.

"황제나 황태자라 할지라도 그날의 공격은 피하기 어려울 것이네. 그러니 소문을 잘 내주게."

"헉! 저, 정말이요?"

9서클 마스터조차 피할 수 없는 공격이라는 것이 대체 뭔지 이해되지 않았다. 하지만 현수의 표정엔 전혀 농담기가 담겨 있지 않다. 뻥이 아니라는 뜻이다.

"아, 알겠습니다. 명심하고 유념하지요."

"그래, 그렇게 알고 소문을 내주게."

잠시 대화가 끊겼다.

현수는 하고 싶은 말은 다한 때문이고, 라트보라 남작은 어떤 소문을 퍼뜨려야 하는지 고심하고 있었던 때문이다.

현수는 노파심에 한마디 더 했다.

"가급적 멀리 떨어져 있는 것이 좋지. 황궁으로부터 최소 20㎞는 떨어져야 피해를 입지 않을 것이네."

"네에? 20㎞라굽쇼?"

세상에 어떤 공격이기에 이처럼 멀리 떨어져 있으라는지 이해되지 않는다는 표정이다.

8서클 마법의 대명사라 불리는 헬 파이어의 공격 반경도 고작 50m를 넘기지 못하는 때문이다. 아르센 대륙에선 100m가 넘는데 이곳은 마나 효율이 떨어져서 그러하다.

그러다 생각난 게 있는 듯 다시 입을 연다.

"그런데 그런 소문이 번지면 제국 특수첩보대가 즉각 수사에 돌입할 겁니다."

"그렇겠지. 그러니 은밀히 소문을 퍼뜨려야 하네. 잊지 말게 황궁으로부터 최소한 20㎞이네."

"황궁의 중심으로부터가 아니라 황궁 외곽으로부터 20㎞라는 말씀이십니까?"

"그래! 황궁 외벽을 기준으로 20㎞이네. 물론 더 멀면 더욱 안전하겠지. 때론 실수도 빚어지니까."

"세상에 맙소사!"

라트보라 남작은 입을 딱 벌린다. 아무래도 농담이 아닌 것 같은 때문이다.

"특히 수도에 있는 반 로렌카 전선에겐 빠짐없이 말이 전해져야 하네. 괜한 희생이 될 수도 있으니."

"걱정 마십시오. 우리 반 로렌카 전선은 웬만하면 지하에 대피시설을 갖추고 있으니까요."

"지하 대피시설? 흐음, 그 깊이가 얼마나 되는지 몰라도 아마 안전치 못할 것이네."

"저희 대피시설들은 거의 대부분 지하 10m 이하에 위치해 있습니다."

라트보라 남작은 이 정도면 어떤 공격이라도 안심할 수 있지 않느냐는 표정이다.

"직접적으로 타격을 입는 곳엔 반경 300m, 깊이 60m짜리 구덩이가 파이네."

"네에?"

라트보라 남작의 눈에서 흰자위가 확연히 늘어난다. 대경실색했다는 뜻이다. 그러거나 말거나 현수의 말은 이어진다.

"운 좋게 직접 타격받은 곳이 아니더라도 그 안에서 최소 2개월은 살 수 있어야 하네."

"그, 그 안에 바깥으로 나오면요?"

"백이면 백 다 시름시름 앓다 죽을 것이네."

"세, 세상에 그런 마법도 있습니까?"

물리적 마법 공격의 유효기간이 2개월이나 되는 건 들어본 적도 없기 때문이다.

"있네. 그러니 안에서 어쩌려고 하는 것보다는 확실하게 멀리 떨어지는 것이 좋지."

"으음! 알겠습니다."

라트보라 남작은 굳은 표정이다.

조만간 엄청난 일이 벌어질 것이라는 현수의 말이 결코 농담으로 들리지 않은 때문이다.

"참! 하나 더 있네."

"뭐, 뭡니까?"

라트보라 남작은 이번엔 무슨 말을 들을까 두렵다는 표정이다. 현수는 역시 그러거나 말거나이다.

"반 로렌카 전선 모두에게 연락하여 그날 수도 외곽을 포위하도록 하게."

"수도 외각 전부를 말씀하시는 겁니까? 그러려면 엄청난 인원이……."

황제가 머무는 황궁은 가로 20km, 세로 35km 규모이다.

면적이 700km²이니 대한민국의 수도 서울(605.25km²)보다도 훨씬 넓다.

이런 황궁의 외벽으로부터 각각 20㎞씩 떨어진 거대한 사각형의 둘레 길이를 계산해 보면 물경 270㎞나 된다.

참고로, 남북한 병사들이 대치하고 있는 155마일짜리 휴전선의 길이를 미터법으로 환산하면 248㎞이다.

이런 휴전선보다도 긴 포위망을 구축하려면 어마어마한 숫자의 병력이 동원되어야 한다.

단순 계산을 해보면 1m에 한 명이라면 27만 명이 필요하고, 2m당 하나라면 13만 5,000명이 필요하다.

라트보라 남작이 이런 생각을 하고 있을 때 현수의 말이 이어진다.

"그날 운 좋게 공격을 피하는 놈이 있을 수 있네. 최소가 4서클 이상인 마법사겠지."

"그, 그렇지요."

"그놈들을 모조리 추살할 수 있는 병력이 되어야 하네."

"그, 그건 불가능합니다. 반 로렌카 전선의 모든 병력이 와도 어쩌면 막을 수 없을지도 모릅니다."

반 로렌카 전선에도 마법사들은 있다. 그런데 이들 중 가장 화후가 높은 자가 고작 5서클이다.

이보다 서클 수가 높은 흑마법사를 상대하려면 상당히 많은 마법사와 기사 전력이 투입되어야 한다.

그런데 반 로렌카 전선은 그럴 만한 능력이 없다. 제국군의 눈초리를 피한 채 숨어서 지내야 하기 때문이다.

라트보라 남작은 송구스럽다는 표정으로 말을 잇는다.

"죄송합니다. 저흰 그렇게 강하지 못합니다."

"그건 걱정 말게. 지원군이 있을 것이니."

"아! 지원군이요?"

라트보라 남작의 표정이 급격하게 밝아진다.

"어, 얼마나 오는지요? 그리고 얼마나 강한지요? 마법사는 많습니까? 기사들은요?"

"흐음, 마법사는 50명쯤 될 것이고, 기사들도 그 정도는 될 것이네."

라트보라 남작의 표정이 급격하게 어두워진다.

로렌카 제국을 붕괴시키려면 최소 100만 명쯤 되는 지원군이 와야 한다. 그런데 그것의 10,000분의 1이라는 숫자를 들은 때문이다.

그러거나 말거나 현수의 말은 이어진다.

"그들을 중심으로 포위망을 구축하면 도주하는 자들은 어렵지 않게 막아낼 수 있을 것이네."

"만일 도주한 자가 9서클 대마법사라면요?"

아르센 대륙과 달리 이곳엔 그만한 화후를 가진 이가 상당하기에 물은 말이고, 그런 자를 막을 수 있는 지원군인가를 물어본 말이다.

현수는 흔쾌히 고개를 끄덕였다.

"아마도 잡아낼 것이네. 그러니 그들을 중심으로 포위망 구축하는 걸 잊지 말게."

"저어, 죄송하지만 지원군은 대체 누구입니까? 마탑주님 휘하 마법사들인가요? 아님, 마탑주님이 국왕으로 계신 나라의 기사들인가요?"

"후후! 그건 나중에, 나중에 보면 알 것이네."

"네에, 알겠습니다."

라트보라 남작은 궁금한 게 많았지만 고개를 끄덕이고 물러앉았다. 자신이 묻는다 해서 현수가 친절하게 대답해 줄 이유가 없기 때문이다.

그러다 문득 떠오른 생각이 있어 다시 입을 연다.

"그나저나 공작가에 계신 분들은 빠져나오지 못할 확률이 매우 높습니다."

"공작가의 누구?"

"공작부인들을 말씀드리는 겁니다."

라트보라는 왜 금방 알아듣지 못하느냐는 표정이다.

"혹시… 싸미라와 아만다 등을 이야기하는 건가?"

"네! 그분들께선 제국의 공작부인으로서의 예우를 받고 계시지만 운신이 편하신 것은 아닙니다."

라브토라 남작의 말에는 상당한 존대가 담겨 있다. 핫산 브리프의 아내들인 때문이다.

어쨌거나 제국에선 막대한 인적 손실을 끼친 핫산 브리프와 연이 닿아 있는 유일한 존재들이니 마음대로 돌아다니게 하지는 않았다.

경호를 위해 붙여놓은 황실 근위대원들은 사실 엄중한 감시자의 역할이다.

싸미라 등의 일거수일투족은 물론이고, 그녀들끼리 나눈 대화 내용 전부가 제국 특수첩보대에 보고된다.

심지어 월경하는 것까지 다 파악되고 있다. 혹시라도 핫산 브리프가 몰래 돌아와 임신을 시킬 수도 있기 때문이다.

아무튼 제국에선 여인들이 필요로 하는 모든 것을 제공하고 있지만 외출은 없다.

혹시라도 핫산 브리프나 그를 추종하는 세력에 의한 구출 작전이 벌어질 수 있기 때문이다.

그렇다 하며 죄수처럼 일 년 내내 저택 안에만 머물러 있어야 하는 건 아니다. 로렌카 제국의 법령에 따라 일 년에 두 번은 바깥 공기를 쐴 수 있다.

모든 귀족가의 의무인 황제 알현 때문이다. 현재는 노쇠해진 황제 대신 황태자가 귀족들을 접견하고 있다.

이는 일종의 점고이다.

제국의 귀족 명부에 실린 자와 그 직계자손들은 연 2회 황제를 방문하여 충성 맹세를 갱신해야 한다.

이 자리엔 오로지 황제의 명에만 따르는 원로원 노괴들이 배석해 있다. 이들 중 일부는 더 높은 화후를 위해 리치가 되어 있다.

이는 일종의 무력시위이다. 누구든 반역의 마음을 품으면 그 즉시 멸문지화를 가하겠다는 뜻이다.

그렇기에 9서클 마스터에 이른 마법사라 할지라도 감히 반역의 마음을 품지 못한다. 감당하기 힘든 존재가 너무 많은 까닭이다.

핫산 브리프 공작도 귀족 명부에 이름이 올라 있다.

그렇기에 싸미라 등 브리프 공작가의 여인들은 1년에 두 번 황태자를 알현하러 나왔다.

그때마다 싸미라 및 아만다와 스타르라이트, 그리고 도로시를 바라보는 황태자의 눈빛이 요요했다.

싸미라는 인도의 배우 아이쉬와라 라이와 같은 미녀이다. 참고로, 이 여인은 1994년 미스월드 선발 대회에서 1위였다.

아만다 프러페 반 도델은 헝가리의 여신 바바라 팔빈 같은 미녀이고, 스타르라이트는 남아프리카공화국 출신 모델 캔디스 스와네포엘과 흡사하다.

마지막으로 도로시 칼라 폰 발렌틴은 뉴질랜드 출신 모델 스텔라 맥스웰 같은 절세미녀이다.

황태자가 차비(次妃)를 요리해 먹은 후 정비(正妃)는 공포에 떨었다. 자신 또한 끈 떨어진 연이기 때문이다.

차비와 정비 모두 공작가의 공녀 출신이다.

그런데 배경이었던 공작들 모두 햇산 브리프 공작과의 대결에서 목숨을 잃었다. 선두에서 충성을 몸소 실천하다 불귀의 객이 된 것이다.

든든한 배경이던 공작가가 하루아침에 초상집으로 변하자 정비는 자신도 어느 날 갑자기 식재료가 될 수 있음을 깨달았다. 그날 이후 극도로 조신한 여인으로 변모하였고, 황태자의 말에 무조건 순응하는 양으로 변했다.

권력을 탐하는 다른 공작가에서 가문의 여인을 새로운 황태자비로 밀어 넣으려는 술수를 부리는 때문이다.

그렇기에 황태자가 싸미라 등을 품겠다고 해도 말 한마디 못 하는 상황이다.

황태자 또한 이런 걸 잘 알고 있다.

그렇기에 맥마혼의 요정이라는 애칭으로 불리는 싸미라 등을 볼 때마다 안고 싶다는 생각을 품었다.

하지만 그녀는 자신이 직접 햇산 브리프와 맺어준 여인이다. 체면을 차려야 하기에 싸미라 등을 볼 때마다 불끈 치솟는 욕정 때문에 괴롭지만 감내해 내고 있다.

'4년……! 놈이 사라진 날로부터 4년이 지나면 그땐……!'

로렌카 제국에선 사람이 죽으면 4년간 죽은 이를 기리는 풍습이 있다. 그렇기에 4년이 기준이었다.

만일 3년이었다면 지금쯤 싸미라 등은 황태자의 침실로 끌려들어가 온갖 꼴을 다 당했을 것이다.

황태자는 겉보기엔 멀쩡하지만 사디스트(Sadist)이며 사이코패스(Psychopath)이기도 하다. 다른 말로 표현하자면 황태자는 변태성욕자이다.

그래서 그의 침실에선 끝없는 비명 소리가 터져 나오곤 한다. 채찍을 휘두르고, 집게로 꼬집으며, 날카로운 꼬챙이로 쿡쿡 찌르기도 한다. 양초의 뜨거운 촛농을 떨어뜨리기도 하고, 날 세운 대거로 피부를 얇게 저미기도 한다.

정비와 차비는 실제 공작가의 공녀 출신임에도 이런 고통을 감내해 냈다. 가문의 권력 때문이다.

어쨌거나 얼마 후면 4년이 된다. 그렇기에 황태자는 회심의 미소를 짓고 있는 중이다.

그날이 되면 제국이 핫산 브리프 공작에게 내렸던 모든 것을 거둘 예정이다.

작위는 물론이고 영지와 저택, 그리고 싸미라와 공작위를 얻을 때 상품으로 주어졌던 여인들 전부이다.

그리고 그것들 모두 황실에 귀속된다. 정확히는 곧 황위를 물려받게 되는 황태자의 것이 된다.

황태자는 곧 있을 건국기념일을 기준으로 삼을 예정이었다. 그런데 현수가 나타난 것이다.

"운신이 편하지 않다니? 공작부인으로 예우한다면서."

현수가 고개를 갸웃거리자 라트보라 남작은 잘 생각해 보라는 표정으로 입을 연다.

"공작부인들은 마탑주님과 유일한 연관자입니다."

"흐음, 알겠네."

고개를 끄덕인 현수는 문득 싸미라를 떠올려 보았다.

보기 드문 미녀임에도 조신하고 순종적이며, 예의 바르고 겸손했다. 기분이 좋을 땐 누구보다도 화사한 웃음을 지었고, 우울하거나 슬픈 일이 상기될 땐 시무룩한 표정을 지었다.

귀족가의 여식이고, 수많은 사내의 탐욕 어린 시선을 받았음에도 때 타지 않은 착한 여인이다.

아만다와 스타르라이트, 그리고 도로시와는 속 깊은 대화를 나눈 바 없다.

아만다와 도로시는 로렌카 제국이 파견한 외출자에 의해 납치되었던 여인이고, 스타르라이트는 자원해서 왔지만 실상을 알곤 겁에 질려 부들부들 떨었다.

사람을 죽여, 특히 젊은 여인들을 죽인 뒤 그 시신을 찌고, 굽고, 삶고, 튀겨내는 등 온갖 조리법으로 요리해 먹는 것을 보곤 사흘 밤낮을 토하면서 울었었다.

마인트 대륙은 사람 살 곳이 못 된다는 것을 깨달은 날 이후 늘 불안해했다. 언제 자신도 식재료가 되어 식탁에 오르게 될지 모르기 때문이다.

그러다 운 좋게 영주 선발대회의 상품으로 뽑혔다.

그리고 맥마흔을 떠들썩하게 했던 핫산 브리프 공작의 선택을 받았을 때 그때 처음으로 안도의 한숨을 내쉬었다.

자신들을 요리해 먹을 사람으로 보이진 않았던 것이다.

어쨌거나 현수는 세 여인과 별다른 대화를 나눈 바 없다. 그럼에도 얼굴이나 몸매는 또렷이 기억하고 있다.

기억력이 좋아서이기도 하지만 워낙 빼어난 미모와 몸매를 가져 인상적이었던 때문이다.

그런 여인들이 꼼짝없이 갇혀 있다고 한다.

"흐으음!"

현수는 한 손으로 턱을 괴었다. 그날을 위해 준비할 것이 많아 곧 여기를 떠나야 한다.

그 전에 구할 것인지 여부를 가늠해 본 것이다.

'내가 싸미라 등을 먼저 구하는 것과 나중에 구하는 것의 차이는 무엇일까?'

지금 구하면 제국이 바짝 경계할 것이고, 나중에 구하려다 실패하면 생각했던 공격을 못 할 수도 있다. 두 경우 모두 또

다시 포위망에 갇히게 되는 불상사를 겪을 수도 있다.

"흐음!"

현수가 고심하는 표정을 짓자 라트보라 남작은 슬쩍 물러앉는다. 상념에 방해되기 싫어서이다.

그렇게 잠시의 시간이 흘렀다.

"남작! 통로는 안전한가?"

"저와 시녀인 줄리만 아는 통로입니다."

라트보라 남작의 시녀 줄리는 벙어리이고, 글을 모른다. 이는 외부에서 알 수 없음을 의미한다.

"그럼 가보세."

"조금 쉬셨다가 밤에 가시길 권해 드립니다. 낮에는 공작가의 경비가 워낙 삼엄한 데다 순찰도 자주 돌기 때문입니다. 그러니……."

"흐음, 그렇단 말이지. 그런데 제국 특수첩보대와 황실 근위대는 어떤 차이가 있나?"

"근위대 쪽이 더 높은 서클입니다. 그리고 근무 성격상 경계 쪽에 훨씬 더 특화되어 있지요."

"흐음! 그렇겠지."

현수는 다시금 턱을 쓰다듬었다.

"혹시 공작가에 파견된 자들의 화후가 어떤지 아나?"

"제가 파악한 바에 의하면 그곳에 머무는 근위대원의 숫자는 18명입니다. 9서클 마스터가 세 명, 8서클은 여섯 명, 나머지 7서클인 것으로 알고 있습니다."

"그런가?"

9서클 마스터가 셋이라면 은밀히 다가가 여인들을 구하는 것이 쉽지 않다. 그 정도라면 마나 유동에 매우 민감할 것이기 때문이다.

현수는 자신이 9서클일 때를 떠올려 보았다. 집중하면 주변의 모든 움직임을 눈 감고도 알아낼 수 있었다.

바퀴벌레처럼 작은 곤충들도 잡으려면 충분히 그럴 수 있었다. 이는 퍼펙트 트랜스페어런시 같은 투명 은신 마법을 써도 상대는 알아차린다는 것을 뜻한다.

"흐으음!"

현수는 또 한 번 긴 침음을 냈다.

싸미라 등은 아무런 죄 없는 여인들이다. '대를 위해 소를 희생'한다는 말이 있지만 본인 때문에 애꿎은 목숨을 잃는다면 두고두고 후회될 것 같다.

그런데 구해내는 것이 쉽지 않을 것 같으니 생각이 길어지는 것이다. 그렇게 잠시 시간이 흘렀다.

"저어, 마탑주님!"

"흠, 왜 그러는가?"

"매일 오후 4시와 밤 12시에 임무 교대가 있습니다."

"여덟 시간씩 3조 로테이션이군."

"네! 9서클 한 명, 8서클 두 명, 그리고 7서클이 세 명이 한 조가 되어 교대 근무를 합니다. 임무 교대를 하기 직전에 인수인계 작업을 하는데 그때를 노리면 어떨까요?"

"인수인계가 되는 동안은 2개 근무조가 있는데?"

현수의 말처럼 인수인계를 할 때엔 인원이 많다.

"인수인계는 정해진 장소에서, 정해진 절차에 따라 진행됩니다. 그때는 인계조와 인수조 모두가 한곳에 집결하지요."

"그러니까 놈들이 한곳에 모여 있을 때 몰래 빼돌리자는 말인가?"

라트보라 남작은 크게 고개를 끄덕인다.

"네! 근데 문제는 인수인계 장소가 공작부인들의 처소 바로 앞이라는 겁니다. 널찍하게 탁 트인 장소이지요. 그래서 말인데 터널을 몇 개 더 팔까요?"

라트보라 남작은 지시만 내리면 즉시 결행할 준비가 된 듯한 표정이다.

CHAPTER 10
맛없는 생선요라

"흐음! 그곳을 그림으로 그릴 수 있겠는가?"

"네! 잠시만요."

잠시 자리를 비웠던 라트보라 남작은 둘둘 말린 파피루스 비슷한 것을 가져왔다. 그리곤 즉시 그것을 펼쳤다.

그리곤 제법 묵직한 문진[11]으로 그것을 고정시켰다.

"호오……!"

현수는 제법 상세한 도면에 시선을 고정시켰다.

황태자가 하사한 정복자의 길에 있는 핫산 브리프 공작가

---

11) 문진(文鎭) : 책장이나 종이가 바람에 날리지 않도록 눌러두는 물건. 서진(書鎭)이라고도 함.

는 가로 400m, 세로 700m짜리 부지에 건립되어 있다.

평수로 환산하면 약 85,000평이다.

저택은 도면의 치수를 감안해 보면 1층 바닥 면적만 약 3,000평이나 되는 엄청난 대저택이다.

「 」 형태로 지어져 있는데 저택의 전면엔 화려한 조각이 있는 분수와 정원 등으로 조성되어 있다.

그 앞쪽엔 마구간 등이 있고, 그보다 더 앞쪽엔 공작가의 가신들이 머무는 저택들이 줄지어 있다. 그리고 지하엔 마법 수련을 위한 시설이 갖춰져 있다.

1층은 업무 공간과 도서실, 접견실 등이 있고, 2층은 공작과 그 가족들을 위한 주방, 창고 등이 있다.

공작의 침실은 3층이고, 좌우엔 처와 첩들이 머무는 공간이다. 4층은 공작가의 가솔들이 머물도록 되어 있다.

도면을 자세히 살펴보니 라트보라 남작이 파놓은 터널도 표기되어 있다. 이걸 따라가면 저택의 앞쪽 마구간에 당도하게 된다.

고위 마법사들이 직접 경계근무를 하는 곳이기에 안전을 위해 저택에서 약간 떨어진 곳을 목표로 한 듯싶다.

"여기서 저택까지 거리가 100m쯤 되는가?"

"네! 더 가까이 가면 발각될 우려가 있어서 거기까지밖에 못 팠습니다."

말들은 가만히 서 있는 것 같아도 계속해서 움직인다. 그렇기에 마구간 아래를 택한 것은 잘한 일인 듯싶다.

"그래, 그렇겠지."

10서클 마스터인 자신도 다가가면 발각될 것을 우려하고 있다. 라트보라 남작으로선 이것이 최선이었을 것이다.

고개를 끄덕인 현수는 도면을 머릿속에 넣었다.

어떤 경로로 저택에 들어갈지 계획을 세우기 위함이다. 문제는 싸미라 등이 놀랐을 때이다.

놀라서 소리라도 치면 즉각 근위대가 들이닥칠 것이니 미리 연통을 해놓아야 한다. 그런데 그 방법이 마땅치 않다.

하여 현수는 다시 상념에 잠겼다. 이때 라트보라 남작은 현수가 침투 경로를 생각한다 여기고 도면에 손을 얹었다.

오른손은 비밀통로가 있는 마구간을 짚었지만 왼손은 공작가 외곽의 커다란 연못 그림 위에 얹혀져 있다.

이 순간 현수의 머릿속을 섬전처럼 스치고 지나가는 묘수가 있었다.

'어장검! 그래, 그거야!'

어장검(魚腸劍)은 명공 구야자가 만든 것으로 살수 '전제'가 오나라의 왕 '요'를 살해하기 위해 생선 속에 감췄던 검이다.

"남작! 수도에서도 생선요리를 즐기나?"

"그럼요! 포탈 마법진과 보존 마법 덕분에 바다에서 갓 잡은 것처럼 싱싱한 생선들을 먹습니다."

"그래? 종류는 다양하고?"

"네! 상당히 많은 종류를 먹습니다."

"그럼, 그중에서 가장 맛없는 생선은 뭔가?"

라트보라 남작은 느닷없는 생선 이야기에 어리둥절한 표정이다. 하지만 무엇이든 물으면 대답해 줘야 한다.

"페시돈이라는 생선입죠. 생선살이 너무 조밀하여 간이 배지 않습니다. 식감도 퍽퍽한 데다 비린내가 심해서 개도 안먹는다는 겁니다."

"흐음! 페시돈이라. 얼마만 한가?"

"40~60㎝ 정도 됩니다."

"그래? 그런 거 몇 마리만 구해오게. 싱싱한 놈으로."

"…네! 알겠습니다."

라트보라 남작이 페시돈을 구하기 위해 나간 사이에 현수는 저택 도면에 시선을 집중했다.

"흐음! 여기서 인수인계 작업을 한다는 거지? 근데 왜 하필 여기야? 골치 아프군."

싸미라 등의 처소로 접근하려면 반드시 거쳐야 할 곳에서 교대 작업을 한다는 것이 마음에 걸린다.

"이놈들을 소리 없이 제거해도 문제겠지?"

소리 없이 제거하는 것 자체도 어려운 일이다. 하지만 문제는 그게 아니다.

매일 일지를 작성하여 제국 특수첩보대에 보낸다고 하니 경계근무 중이던 자들이 사라지면 단박에 알아차리게 된다.

그럼 금방 시끄러워진다.

핫산 브리프는 제국의 근간을 뒤흔들고도 남을 인물이기에 최우선 경계 및 조사대상인 때문이다.

따라서 근무조를 제압하는 건 좋은 방법이 아니다.

"흐음! 어장검까지는 좋은데 다음은 어쩌지?"

현수는 연신 턱밑을 쓰다듬었다. 깊은 상념에 잠겼을 때의 무의식적인 습관이다. 그러면서도 도면에서 시선을 떼지 않았다. 그렇게 한참의 시간이 흘렀다. 그러던 어느 순간이다.

현수의 동공이 살짝 커진다.

"으음, 이건……!"

현수의 눈에 뜨인 것은 터널이 뚫려 있는 마구간 뒤쪽 인근으로부터 저택의 뒷문 인근까지 흐르는 개울이다.

수심도 표시되어 있는데 깊이 205cm이다.

'이 정도면… 근데 내 최대 호흡 길이가 얼마나 되지?'

현수는 다시 도면을 확인했다.

'충분히 가능하겠어. 근데 옷 젖는 건 싫은데. 제기랄!'

속으로 투덜거린 현수는 아공간에 담긴 물안경과 숨대롱, 그리고 오리발을 확인했다. 산소탱크도 있나 살피려다 말았다. 왠지 오버인 듯한 느낌이 든 것이다.

'뱀이나 이런 것 없겠지.'

있어도 상관은 없지만 괜히 신경 쓰였다.

"다녀왔습니다, 마탑주님!"

"아! 그래? 페시돈은?"

"여기요."

"그래요, 어디 보세."

라트보라 남작이 구해온 페시돈이란 생선을 살펴본 현수
는 작은 칼을 꺼내 생선을 갈라보았다.

말한 대로 조직이 상당히 빡빡한 생선이다. 어렵게 살을 발
라보니 단단한 뼈가 드러난다.

'흐음! 잘못 먹다 가시가 목에 걸리면 세상과 아듀하겠군.'

현수가 하는 양을 지켜보던 라트보라 남작은 기다리다 지
친 듯 입을 연다.

"페시돈 조리법은 구이와 찜 두 가지입니다."

"회(膾)로는 안 먹나?"

"네? 회가 뭡니까?"

"회가 뭔지 몰라? 아! 그럴 수도 있겠군."

고개를 끄덕인 현수는 다시 생선을 살폈다.

"이걸 찜으로 조리한 뒤 공작가 문 앞에 가져다 놓도록! 가
급적 맛이 없게 조리해야 하네."

"이걸요?"

라트보라 남작은 대체 무슨 소리냐는 표정이다.

핫산 브리프 공작가의 외부에는 경계 근무를 서는 병력들이 상당히 많이 배치되어 있다.

외부의 침입을 막으려는 목적이 아니라 내부에서 외부로 나가려는 사람들을 제지하는 한편 감시하려는 목적으로 배치된 기사와 병사들이다.

둘레가 제법 되기에 배치된 병력은 무려 2,500명이나 된다. 무려 1개 연대 병력이다. 따라서 생선을 요리해서 가져다 놓으면 당장 감시 대상이 된다.

라트보라 남작은 반 로렌카 전선이 수도에 심어놓은 핵심 인물이다. 누군가의 조사를 받거나 추적을 당하는 것은 극도로 피해야 한다. 그런데 벌어진 악어 아가리 안에 머리를 들이밀라는 말에 대경실색한 표정을 짓는다.

그럼에도 현수는 전혀 긴장하지 않은 표정이다.

"그래! 가져다 놓을 때 쪽지 하나 끼워 넣게."

"쪽지요? 뭐라고 적습니까?"

" '이거 먹다 목에 가시나 걸려라' 라고 쓰게."

"네에?"

라트보라 남작이 대체 무슨 소리냐는 표정이다.

"자네가 가라는 게 아니네. 적당한 사람 시켜서 공작가 정문 앞에 가져다 놓으라는 말일세. 그런 쪽지를 남겨야 안까지 가지 않겠나?"

"참! 마탑주님, 생선에 쪽지 같은 걸 넣으면 바로 발각될 겁니다. 아무리 목에 가시나 걸리라는 쪽지를 넣어도요."

"그렇겠지. 알겠네. 참고하겠네."

현수가 고개를 끄덕이자 라트보라 남작은 잠시 입을 다물었다. 대체 뭘 어떻게 하려는지 알 수 없어서이다.

"그럼 바로 조리하면 되겠습니까?"

"아! 잠깐. 내가 잠시 생선을 손볼 테니 주방에 기별을 하게. 바로 보내야 하니까."

"알겠습니다."

라트보라 남작이 물러난 후 현수는 잠시 생선을 주물럭거렸다. 손에서 비린내가 심하게 났지만 개의치 않았다.

"그럼 다녀오겠습니다."

라트보라 남작은 가볍게 고개를 끄덕이곤 밖으로 물러났다. 그의 곁엔 주방에서 페시돈을 직접 조리한 벙어리 줄리가 쟁반을 들고 있다. 귀족가에서나 쓸법한 고급스럽고 깔끔한 접시가 올려진 쟁반이다.

줄리는 뭔가 지시를 받는 듯 연신 고개를 끄덕인다. 그리곤 꾸벅 고개를 숙이곤 밖으로 나갔다.

"어쩌면 오늘 저녁 식탁에 오를지 모르겠습니다. 놈들은 그러고도 남을 테니까요."

현수의 손에 죽은 마법사들의 가문에선 핫산 브리프 공작가를 사갈[12]시 한다.

하여 심심치 않게 여러 가지를 보냈다.

죽은 뱀이나 쥐의 사체를 보내는 경우도 많았고, 먹기만 하면 3초 내로 목숨을 잃을 정도로 강력한 독이 담긴 음식을 보내기도 했다. 심지어 잘린 머리를 방부 처리하여 보낸 경우도 많았다.

페시돈은 아무리 조리를 잘해도 맛없는 생선이다. 게다가 퍽퍽한데다 질기기까지 하다.

누가 봐도 조롱의 의미가 담긴 것이다.

따라서 누군가의 손에 의해 핫산 브리프 공작가에 배달될 페시돈 요리는 안으로 들어갈 것이다.

안에서 경계 근무를 하는 황실 근위대원들은 결코 손대지 않을 것이다. 기름진 산해진미를 놔두고 그걸 입에 댈 이유가 없는 때문이다.

물론 다른 검사는 할 것이다.

독이 든 음식을 안에 들였다가 싸미라 등 공작부인들에게 문제가 생기면 근위대원 전부가 목이 잘릴 일이기 때문이다.

---

12) 사갈(蛇蝎) : 뱀과 전갈을 아울러 이르는 말로서 남을 해치거나 심한 혐오감을 주는 사람을 비유적으로 이르는 말.

그뿐만 아니라 혹시라도 있을지 모를 외부로부터의 쪽지나 암호가 있는지 여부도 확실하게 조사할 것이다.

그게 주된 임무인 때문이다.

어쨌거나 화살은 쐈다. 그게 표적에 명중하는지 여부는 알 수 없다. 성공하면 좋지만 실패해도 할 수 없다.

이제 남은 것은 승패에 관계없는 결행뿐이다.

현수는 시간이 흐르길 기다렸다. 그러는 내내 도면에서 눈을 떼지 않았다. 가상 침투 연습을 반복한 것이다.

'물이 너무 차갑지 않았으면 좋겠네.'

이미 한서불침을 이룬 몸인지라 얼음장처럼 차가운 물이라도 상관없다. 그럼에도 혹시라도 불상사가 있을까 싶어 괜스레 중얼거린 말이다.

현수가 도면을 보고 있을 때 핫산 브리프 공작가의 근무조장 한센은 킬킬거리고 있다. 9서클 대마법사이고, 나이도 많지만 경박한 성품인 자이다.

"크크크! 이걸 다 먹으려면……."

싸미라와 아만다, 그리고 스타르라이트와 도로시를 위한 네 개의 접시엔 각각 40㎝ 정도 되는 페시돈찜이 두 마리씩 놓여 있다.

한센은 생선찜에 독이 들어 있는지 여부와 있을지 모를 쪽지가 있는지 여부에 대한 확인을 이미 마쳤다. 그렇기에 부하들에게 실실 농담하고 있는 것이다.

"혼자서 이거 다 먹으려면 다른 건 못 먹겠지? 안 그래?"

"그럼요, 여자 혼자 먹기엔 좀 많죠."

"크크! 그럼 오늘 저녁은 다른 거 다 빼고 이것만 안으로 들이라고 해."

한센의 지시를 받은 근위대원들도 킥킥거린다.

"킥킥킥! 이 맛없는 걸로 배가 터지도록 먹으면……."

"크크! 그러게. 이거 다 먹으면 토 나올걸."

조장과 오랜 시간 함께하다 보니 고위 마법사인 8서클이나 7서클 마법사들도 다 똑같이 경박해진 것이다.

"시녀들 불러서 안으로 들여보내! 오늘 저녁은 다른 것 없이 이것만 들이도록!"

"네, 조장님."

한센의 지시를 받은 근위대원은 시녀를 불러 페시돈찜을 안으로 들이도록 했다.

시녀들 또한 킥킥거리긴 마찬가지이다. 페시돈은 가시가 많고, 맛없다는 걸 누구나 알기 때문이다.

"오늘 저녁 메뉴는 뭘까요?"

꽃처럼 아름다운 여인 넷이 모여 있다. 편한 복장으로 있어도 될 곳이지만 늘 공작부인으로서의 체통을 지켜야 한다는 강요에 의해 곱게 성장한 차림이다.

누가 보면 이제 곧 시작될 무도회에 가기 위해 치장한 것 같은 모습이다. 그런데 표정은 그리 밝지 못하다.

안색도 다소 창백한 편이다. 겉보기엔 호사스러워도 내실은 전혀 그렇지 못한 때문이다.

핫산 브리프 공작가의 주인은 영주선발대회를 통해 당당히 공작위를 얻은 현수이다.

황태자의 총애가 한 몸에 부어질 것이라는 것을 어느 누구도 의심치 못했고, 금방 권력의 실세가 될 것이라 생각되던 인물이다.

그런데 공작위를 제수받던 날 엄청난 짓을 저질렀다. 그 과정에서 수십 명의 9서클 마법사가 목숨을 잃었다.

제국의 근간이라 할 수 있는 공작도 다수 포함되어 있었다. 차기 황후가 될 것이 분명했던 황태자의 정비와 차비를 배출시킨 공작가의 주인들도 그날 목숨을 잃었다.

아무튼 핫산 브리프 공작가는 현재 주인 유고 상황이다.

그의 전권을 대신할 공작부인 넷이 있기는 하지만 시녀들조차 마음대로 부리지 못하는 유명무실한 존재로 전락했다.

공작가엔 상당히 많은 시녀가 배치되어 있지만 썻고 싶을 때 마음대로 썻을 수 없다. 시녀들이 제멋대로인 때문이다.

먹고 싶을 것도 제 뜻대로 되지 않는다. 자고로 공작부인은 주방에 드나들어선 안 된다는 시녀들 때문이다. 그렇기에 주는 음식만 먹을 수 있을 뿐이다.

어떤 날엔 노린내 심한 고기를 스테이크로 내와 구역질나게 했고, 또 어느 때엔 100% 쓴맛 나는 푸성귀로 만들어진 것만 식탁에 올려놓기도 했다.

의복도 제 마음대로 고를 수 없어 시녀들이 그날그날 입히는 대로 입어야 한다.

시녀들은 공작부인들을 골탕 먹이려 불편한 옷만 골라온다. 그래서 어떤 날엔 코르셋[13] 때문에 하루 종일 잔뜩 조이는 느낌을 받아야 했다.

또 다른 날엔 치마 속에 크리놀린[14]을 입혀 하루 종일 화장실 가기 불편하게 만들었다.

여름엔 두꺼운 드레스를 입혀 푹푹 찌는 느낌을 받았고, 겨울엔 얇은 걸 입혀 덜덜 추위에 떨며 지냈다.

외부에서 보기엔 많은 시녀가 수발을 들어주니 공작부인으로서의 예우를 받는 모습이지만 실상은 너무도 불쌍하게 살아온 것이다.

공작가 소속이 아니라 황실 근위대 소속 시녀들이기 때문

---

13) 코르셋(Corset) : 체형을 날씬하게 만들기 위한 옷으로 가슴에서 엉덩이 위까지를 꼭 조이기 위해 옆 주름살을 안 내는 대신 고래 뼈나 철사를 넣어 만든 것.
14) 크리놀린(Crinoline) : 스커트를 부풀리기 위해 고안된 것으로, 철사나 고래 뼈를 바구니처럼 세공한 것.

이다. 이들은 공작부인의 명보다는 감시 목적으로 경계 근무 중인 황실 근위대원들의 명을 우선시한다.

어쨌거나 싸미라 등은 부군인 핫산 브리프 공작의 만행 때문에 본인들이 수없는 능욕을 당한 뒤 식재료로 저며져 식탁에 오를 것이라 생각했었다.

그런데 그러지 않고 이렇게나마 모진 삶이라도 살 수 있게 된 것에 감사하는 마음으로 지냈다.

"끄응, 오늘은 페시돈찜이네. 이거 엄청 퍽퍽하고 질겨서 개도 안 먹는 건데."

싸미라가 투덜거리자 아만다의 눈이 커진다.

"페시돈이요?"

"그래, 아만다. 이게 마인트 대륙에서 가장 맛없는 생선이야. 맛이 너무 없어서 적당히 썩힌 뒤 비료로 써."

"그래도 맛있어 보여요."

오랜만에 생선을 본 스타르라이트는 입맛을 다시며 포크를 집어 들었다. 냄새가 그럴듯한 때문이다.

쿡—!

"으잉? 뭔 생선이 이런대요?"

스타르라이트는 포크로 찔렀는데 끝이 파고들지 않자 고개를 갸우뚱거린다. 탱탱한 고무를 찌른 듯한 느낌일 것이다.

곁에 있던 아만다도 포크로 찔러보았지만 결과는 같다.

"이거 원래 이렇게 뻑뻑해요? 왜 그러죠?"

"조금 전에 내가 그랬잖아. 페시돈은 엄청 질긴데도 퍽퍽해, 너무 맛이 없어서 거의 안 먹는 거야."

싸미라의 말에 아만다가 고개를 갸웃거린다.

"근데 왜 이걸 이렇게 맛있는 냄새가 나게 요리해서 준 거죠? 쩝, 맛있는 줄 알았는데."

"냄새만 그래. 아마 지금껏 먹었던 음식 중에 제일 맛없는 걸 오늘 먹게 되는 걸 거야. 그러니 기대하지 마."

"알았어요. 맛있어 보이긴 하는데."

도로시는 들고 있던 포크로 페시돈을 쿡쿡 찔러본다. 그럴 때마다 찐득한 국물이 출렁거린다. 이 국물은 너무 진해서 액체는 액체인데 거의 겔15) 수준이다.

같은 순간, 싸미라도 입맛은 없는 듯 페시돈을 이리저리 건드려만 볼 뿐이다.

이때 스타르라이트가 페시돈을 뒤집는다. 혹시라도 짙은 갈색 국물 속에 잠겨 있던 부위는 먹을 만할까 싶어서이다.

국물이 흘러내리자 스타르라이트는 다시 포크를 꽂았다. 그런데 조금 전과 전혀 다르지 않다.

"쳇! 이러면 조금 나을 줄 알았는데."

"근데 이거 진짜 먹을 수는 있는 거예요? 오늘 저녁 식사는

---

15) 겔(Gel) : 콜로이드 용액(졸, sol)이 일정한 농도 이상으로 진해져서 튼튼한 그물 조직이 형성되어 굳어진 것.

이게 다인가 본데 이거라도 안 먹으면 이따 배 엄청 고프잖아
요. 안 그래요?"

"그래! 이게 다일 거야. 아! 스타르라이트, 잠깐만!"

스타르라이트의 투덜거림에 대꾸를 하던 싸미라가 갑작스
레 정색하자 모두가 움직임을 멈춘다.

"모두 잠깐만 멈춰!"

싸미라는 도로시 등의 동의도 구하지 않고 모든 생선을 뒤
집었다. 두 개의 포크로 아만다의 것을 뒤집고는 양념장이 묻
는 말든 손으로 뒤집는다.

"왜요?"

"잠깐만! 잠깐만 조용히 하고 기다려 줄래?"

싸미라는 생선에 시선을 고정시키곤 이내 그것들을 이리
저리 움직여 본다.

"싸미라 언니! 식탁에 양념 다 묻어요."

"잠깐만 스타르라이트! 지금 식탁에 뭐가 묻는 게 중요한
게 아닌 것 같아. 그러니 다들 잠깐만 가만히 있어!"

다들 대체 왜 이러나 싶은 시선으로 싸미라를 바라본다. 도
로시는 공주이고, 아만다는 후작가의 영애이다.

스타르라이트는 농노의 딸이지만 불과 몇 대 전의 조상들
은 망해 버린 나라의 왕족이다.

어쨌거나 셋은 왕족과 귀족, 그리고 농노의 신분이지만 한

가지 공통적으로 배운 게 있다.

먹는 것 가지고 장난치면 안 된다는 것이다.

그런데 지금 싸미라가 먹는 걸로 장난치는 것처럼 보인다. 하여 뭐라 말참견을 하려다 만다.

싸미라가 핫산 브리프 공작의 정실부인이고, 가장 나이가 많기 때문이다.

그러거나 말거나 싸미라는 여덟 마리 생선의 위치를 이리저리 옮겨가며 골똘히 생각에 잠기곤 한다.

그렇게 대략 5분쯤 지났다. 식탁은 고소한 냄새를 풍기는 양념으로 더럽혀진 상태이다. 하나 싸미라는 그런 것에 연연하지 않는 듯 생선만 바라보고 있다.

"싸미라 언니! 대체 왜 그래요?"

아만다의 물음에도 싸미라는 대꾸하지 않는다. 그리곤 다시 생선의 배열을 바꾼다.

"언니! 대체 왜 그러시는지 우리도 알면 안 돼요?"

"그래요, 언니! 대체 뭐하는 건지 모르지만 우리가 도울 수도 있잖아요. 안 그래요?"

도로시와 스타르라이트의 말이 끝나자 싸미라가 아우들을 바라본다. 3년이 넘는 세월 동안 같이 어려움을 겪어 이제는 친동기간처럼 스스럼없는 사이이다.

왕족, 귀족, 농노 이런 신분은 잊은 지 오래이다.

싸미라와 도로시, 아만다, 그리고 스타르라이트는 핫산 브르프 공작의 아내라는 공통점이 있을 뿐이다.

그리고 평생을 투기 없이 한 사내만 바라보면서 사이좋게 지내자고 수없이 맹세했던 사이이다.

아만다와 도로시, 그리고 스타르라이트 역시 영특한 두뇌의 소유자라는 것을 새삼 떠올린 싸미라는 말없이 필기구를 챙겼다.

낮말은 새가 듣고 밤말은 쥐가 듣는 곳이 이곳이다. 게다가 벽마다 귀가 있다.

넷이 무슨 말을 하든 제국 특수첩보대의 귀에 들어간다는 것을 알기에 필담을 준비한 것이다.

아만다와 도로시 등은 대체 왜 이러나 싶은 표정이지만 말없이 싸미라에게 시선을 준다.

싸미라는 들고 있던 펜으로 글을 썼다.

생선 아가미를 들춰 보면 비늘이 몇 개씩 빠져 있어.

여기까지 글을 쓰자 다들 페시돈의 아가미를 들춰본다.

짙은 갈색 생선 페시돈은 비슷한 색깔의 양념장으로 범벅이 되어 있다. 그렇기에 주의 깊게 살피지 않으면 비늘이 빠져 있다는 것을 알아내기 힘들다.

"어라! 정말……."

도로시가 말을 이르려 할 때 싸미라가 째려본다.

"잠깐 진정해!"

"아……!"

싸미라가 사방의 벽을 손가락으로 가리키자 도로시는 얼른 제 손으로 제 입을 막으며 고개를 끄덕인다.

사방에 눈과 귀가 있음을 새삼 인식한 것이다.

이러는 동안 아만다와 스타르라이트는 나머지 생선의 아가미를 일일이 들춰본다. 다 같이 비늘이 몇 개씩 빠져 있지만 같은 것은 아니다.

싸미라는 다시 펜을 들어 다음과 같이 썼다.

내 생각엔 이것들이 어떤 글귀를 뜻하는 거 같아!

글귀를 본 아만다 등은 생선 여덟 마리를 이리저리 배열해 본다. 싸미라는 한발 물러나서 아우들이 하는 양을 지켜보았다. 그렇게 얼마의 시간이 흘렀다.

"잠깐! 모두 동작 그만!"

싸미라의 나직한 고함에 모두들 행동을 멈췄다.

싸미라는 아우들이 배열해 놓은 생선들 가운데 둘의 자리를 맞바꿨다.

그리곤 다시 한 발짝 물러났다.

생선을 두 마리씩 세로로 배열해 놓으니 몇 개의 글자가 나타난다.

ジ ·∧ ·< V·

마인트 대륙어는 한자처럼 글자마다 뜻이 있다.

《ジ》는 '자정'을 뜻한다. 《·∧》는 '탈출'을 의미하는 글자이며, 《·<》는 '집합'을, 《V·》는 '남편'을 뜻한다.

이것들을 조합해 보면 자정에 탈출할 것이니 모여 있으라는 뜻이고, 남편이 구하러 온다는 것 같다.

다들 영특한 두뇌를 지녔기에 단숨에 뜻을 파악한 듯 얼굴이 붉게 상기된다.

지긋지긋한 이곳을 벗어날 수 있다는 희망만으로도 가슴 가득 희열이 느껴지는 모양이다.

이때 싸미라는 칼을 꺼내 아가미 뒤쪽의 남은 비늘들을 마저 벗겨내며 중얼거린다.

"에이, 찜을 하면 비늘은 다 벗겨서 해야지. 이게 뭐야?"

기다렸다는 듯 스타르라이트도 비늘을 벗겨낸다.

"그러게요. 누가 요리한 건지 몰라도 이건 요리사로서 자세가 안 되어 있는 거예요, 그쵸?"

"그래! 자칫했으면 비늘까지 먹을 뻔했어."

"근데 싸미라 언니! 이 생선 정말 맛이 없어요?"

여인들은 자연스레 대화를 나누며 아가미 뒤쪽의 비늘을 모두 제거했다.

완전무결한 증거인멸 작업이었다.

CHAPTER 11
공작부인 구출 작전

전능의팔찌

THE OMNIPOTENT
BRACELET

잠시 후, 넷은 페시돈찜을 먹기 시작했다. 퍽퍽하고 질기기만 함에도 다들 맛이 있다면서 엄지손가락을 추켜든다. 그러면서 이걸 누가 맛이 없다고 했느냐며 한마디씩 한다.

이때 벽에 귀를 대고 안의 동정을 살피던 근위대원들은 고개를 설레설레 흔든다.

"헐! 저것들이 단체로 미쳤나? 그 맛없는 페시돈을 먹으면서 맛이 있다고?"

"그러게! 개도 안 먹는데 그게 맛있다고? 입맛이 영 아니구만. 그렇지 않은가?"

"그러게. 저것들이 이제 슬슬 미쳐 가나 보네. 흐흐흐!"

"다들 속살은 야들야들할 텐데 미쳤다는 판정이 내려지면 우리에게 하사하시겠지?"

"크흐흐! 그때가 되면……."

3년이 넘는 세월 동안 천하절색 넷을 가둬놓고 군침만 흘렸다. 황태자의 시선이 미치는 곳이기에 건드렸다간 패가망신 정도가 아니라 멸문지화를 당할 것이기에 감히 넘보려는 마음조차 품지 않았다.

그런데 이제 조금 희망이 생긴 것 같기에 흑마법사들은 서로를 바라보며 회심의 미소를 짓는다. 물론 그 웃음엔 음탕한 탐욕이 짙게 어려 있다.

이때 싸미라가 소리친다.

"근데 비린내가 좀 나네. 아만다, 도로시! 창문 좀 활짝 열어줄래?"

"네, 언니!"

창문 열리는 소리가 들렸지만 근위대원들은 그러려니 했다. 페시돈의 비린내는 생각만으로도 구역질이 올라오는 때문이다.

비슷한 시각, 라트보라 남작은 여전히 도면에 시선을 주고 있는 현수에게 다가섰다.

"마탑주님! 이제 시간이 되었습니다."

"그런가? 알겠네, 가지."

"네! 제가 안내해 드리겠습니다."

라트보라 남작의 안내를 받은 현수는 땅굴을 통해 핫산 브리프 공작가까지 조심스레 이동했다.

습기 때문에 축축해서 발을 뗄 때마다 작은 소리가 나 상당히 긴장을 해야 했다. 근위대원들은 그런 작은 소리도 신경 쓰면 알아차릴 수 있기 때문이다.

논 노이즈 마법을 쓰면 간단한 일이지만 마나 유동을 느끼게 될까 싶어 애써 참았다. 들키는 것은 문제되지 않는다.

다만 싸미라 등에게 애꿎은 해가 끼칠까 싶어 극도로 조심하는 것이다. 한참을 걸어 마구간 아래에 당도하자 라트보라 남작이 한 발짝 물러선다.

"마탑주님! 저는 이곳에서 대기할까요?"

"아니네. 가 있으면 내가 찾아가지."

라트보라 남작은 교토삼굴이라는 말도 모르면서 참으로 치밀하게 통로를 개척해 놓았다.

A라는 통로로 왔지만 거꾸로 짚어 가면 B나 C, 혹은 D나 E 통로가 되게 기관을 설치해 둔 것이다.

상당히 정교하고 교묘하기에 정확한 위치를 알고 있지 않으면 수백 번을 오가도 알 수 없도록 해놓았다.

"그럼 가서 대기하고 있겠습니다."

"그러게, 수고 부탁하네."

라트보라 남작은 현수에게 고개 숙여 예를 갖추곤 조심스레 물러난다.

이제 자신의 집 지하로부터 맥마혼의 성벽 아래를 지나 외부로 통하는 또 다른 터널을 열어두러 간 것이다.

라트보라 남작은 저녁을 먹으며 이런저런 대화를 나눴다. 그러다 본인의 별명이 '셔블링 모울'이라 이야기했다.

마인트어로 셔블링 모울(Shoveling mole)은 '삽질하는 두더지'를 뜻한다. 땅굴 파는 데 어마어마한 특기가 있음을 반증하는 별명이다.

통로로 내려온 뒤 현수는 고개를 끄덕였다.

폭 1m 50㎝, 높이 195㎝, 길이 2,000m짜리 땅굴을 파는 데 불과 6개월이 걸렸다고 한다.

중간중간에 쉴 수 있는 공간도 있고, 붕괴를 대비한 버팀목 및 장비들을 보관하는 창고로 있으며, 정교한 기관까지 설치되어 있다.

벙어리 줄리가 보조했다 하지만 실상 거의 모든 일을 혼자서 조성했다. 그럼에도 이런 통로를 만들었으니 인정하지 않을 수 없었다.

보진 않았지만 수도를 빠져나가는 통로 또한 이것과 비슷할 것이란 생각이 든다.

어쨌거나 현수는 잠시 바깥 동정에 귀 기울였다. 말들이 서성이며 투레질하는 소리, 그리고 누군가 말여물 주는 소리가 섞여 있다.

아직은 나갈 때가 아니다. 하여 한참을 기다렸더니 마구간을 담당한 자가 문 닫고 나가는 소리가 들린다.

그러고도 잠시 조용히 기다렸다.

'흐음! 이제 괜찮겠군.'

현수는 빗장을 풀고 마구간 바닥을 힘주어 밀어 올렸다.

삐거덕─!

우수수수─!

잘라만 놓고 한 번도 들어 올리지 않아서 그런지 들자마자 건초들이 쏟아져 내려온다.

히힝! 히히히힝─!

놀란 말이 앞다리를 들었다 내려놓으며 옆으로 피한다. 현수는 오른손 검지를 입술 위에 대며 나직한 소리를 냈다.

"쉬이─! 괜찮아, 괜찮아! 그래, 그래! 얌전히."

현수의 등장에도 크게 놀라진 않은 듯 이내 고분고분해진다. 현수에게 풍기는 독특한 기운 때문이다.

현수에 의해 싱싱함을 되찾은 세계수는 소리 없이 '숲의 가호'를 내린 바 있다.

숲 근처에만 있어도 숲이 가진 고유한 기운이 스며들어 건

강한 균형을 유지할 수 있도록 돕는 것이다.

그 결과 현수에게선 은은한 숲의 향기가 뿜어진다. 그렇기에 현수의 곁에 있으면 늘 상쾌하고, 맑으며, 싱그럽다는 느낌을 받는다.

뿐만이 아니다. 4대 정령을 모두 마스터한 현수에게 자신이 줄 수 있는 최상의 가호를 부여한 바 있다.

물의 정령왕 엘레이아는 물속에서도 호흡할 수 있는 권능을 부여했고, 불의 정령왕 이프리트는 용암을 뒤집어써도 데지 않게 했다.

땅의 정령왕 노이아는 땅속에 파묻혀도 그 안에서 이동할 수 있는 권능을 부여했으며, 바람의 정령왕 세리프는 마음만 먹으면 하늘을 날 수 있게 하였다.

아리아니는 알지만 현수는 모르는 일이다.

이런 연유로 어떤 동물이든 현수를 보고 놀라거나, 성을 내지 않는다. 예를 들어, 굶주린 사자 떼라 할지라도 현수 앞에선 순한 양이나 다름없이 다소곳해진다.

아무튼 고분고분해진 말의 갈기를 부드럽게 쓸어내린 현수는 바깥의 동정에 귀를 기울였다.

바람 소리와 벌레 소리만 있을 뿐이다.

삐거덕—!

"아공간 오픈!"

현수는 재봉틀 기름을 꺼내 경첩에 먹였다. 되돌아갈 때 소음을 줄이기 위해서이다.

살그머니 마구간으로 나온 현수는 뒷문을 열고 바깥으로 나갔다. 마침 그믐이라 달빛은 없지만 하늘에 총총한 별들 덕분에 사물을 식별하는 데 큰 지장은 없었다.

물론 바디체인지를 여러 번 겪으면서 안력이 대폭 상승한 현수의 경우가 그렇다는 것이지 평범한 인간들에겐 아무것도 보이지 않는 깜깜한 밤일 뿐이다.

수로에 근처에 당도한 현수는 잠수 장비를 갖췄다.

잠수복을 걸친 이유는 혹시 있을지 모를 수중생물 때문이다. 물뱀이나 라니야가 달려드는 것을 막는다.

오리발로 갈아 신고, 물안경도 썼다. 그리곤 숨대롱을 입에 물고 물속으로 들어갔다.

물이 맑아 시야가 매우 좋다. 다행한 일이다. 수로 양쪽에 무성한 수초가 있어 몸을 감추기도 좋았다.

예상대로 물고기들도 있고, 물뱀도 있다. 다행인 건 귀찮게 할 라니야가 없다는 것이다.

'흐음! 여기쯤이겠군.'

수면 아래에서 일렁이는 수면 밖 상황을 잠시 살펴보았다. 라트보라 남작의 말대로 임무 교대를 위해 마법사들이 모여드는 것이 확인되었다.

그들 모두가 저쪽으로 갈 때까지 수초 사이에 은신한 채 기다렸다. 그러면서 저택을 살폈다.

창문이 열려 있고, 불빛이 새어 나오는 곳이 보인다.

'페시돈을 봤다면 저기겠군.'

현수는 싸미라가 상당히 영특하고 집중력이 좋다는 것을 안다. 특히 눈썰미가 좋아 대강 봐도 어떤 상황인지 파악하는 능력이 좋다.

마인트 대륙엔 방충망이라는 것이 없다. 하여 저처럼 문을 열어두면 온갖 벌레가 꼬여든다.

불빛 때문이다. 그렇기에 밤엔 창문을 모두 닫는다. 그럼에도 열어둔 것은 보낸 신호를 알아들었음을 뜻한다.

'역시!'

현수는 고개를 끄덕였다. 싸미라의 영특함이 마음에 든 것이다. 그러고 보니 예전의 대화가 생각난다.

"싸미라는 세상에서 가장 큰 게 무엇이라 생각해?"

이 질문을 했을 때 현수는 집이나 산 같은 것을 이야기할 것으로 생각했었다. 그런데 싸미라의 대답은 의외였다.

"그건 사람의 욕심이죠."

"그래? 그럼 하나 더 물을게. 이 집에 불이 났는데 딱 하나만 들고 나갈 수 있어. 그럼 싸미라는 무얼 가져갈 거야?"

실내엔 싸미라의 장신구나 의복 등이 있었다.

"지금 이 방에서만 가져갈 수 있는 거예요?"

"그래! 이 방 안에 있는 것 중 하나야!"

"그럼, 전 핫산 브리프 님과 나갈 거예요. 제겐 너무 중요한 분이니까요."

"……!"

이 말을 들었을 때 현수는 잠시 아무런 말도 하지 못했다. 싸미라의 진심이 느껴진 때문이다.

황태자가 엮어줘서 만난 사이일 뿐이다. 대결을 앞두고 잠자리 및 수련 장소가 마땅치 않아 잠시 머물고 있다.

싸미라를 아내로 맞이할 마음은 손톱 끝만큼도 없으니 매사 퉁명스럽게 대했다. 그런데 싸미라는 온 정성을 다 바쳐 자신에게 헌신하려 한다.

아름답기 이를 데 없으며, 현숙하고, 우아하며, 조신하고, 영특하고, 남을 배려하고, 품위까지 있다.

지구로 치면 100점 만점에 120점짜리 여인이다. 어찌 마음이 흔들리지 않겠는가!

그래도 물어볼 건 물어봐야 했다.

"날? 날 데려다 뭐에 쓰려고?"

"제 하나뿐인 부군이시잖아요. 평생토록 오로지 당신만을 위해 살 거예요. 그러니 저를 조금만 더 어여삐 여겨주세요."

"으음……!"

당시의 현수는 낮은 침음만 냈을 뿐이다. 그때 싸미라는 곧바로 다른 화제를 꺼냈다. 부군이 자신 때문에 마음 쓰는 것조차 바라지 않았기 때문이다.

어쨌거나 창문은 열려 있다. 현수는 온 신경을 기울여 전방을 탐지해 냈다. 마법사들끼리 정해진 순서에 따른 임무 교대 작업이 진행되고 있다.

똑, 똑, 똑―!

"……!"

살그머니 다가가 조심스레 노크를 하자 기다렸다는 듯 싸미라의 얼굴이 나타난다.

"쉬잇―!"

검지를 입술에 대곤 조용히 하라는 신호를 보내자 고개를 끄덕인다.

현수는 싸미라와 아만다, 도로시, 그리고 스타르라이트가 있음을 확인하곤 조용히 나오라는 손짓을 했다.

다들 고개를 끄덕인다. 가장 먼저 도로시가 나왔다. 창턱이 높은데다 긴 치마를 입고 있어 나오는 것이 불편했다.

그렇다 하여 의자 같은 것을 놓을 수는 없다. 걸상 끄는 소리가 바깥의 근위대원들을 자극할 수 있기 때문이다.

현수는 도로시의 겨드랑이 사이에 손을 넣어 나오는 걸 도왔다.

바깥으로 나오는 과정에서 필연적으로 현수의 품에 안기게 된 도로시는 얼굴이 빨개졌다.

아주 잠깐이지만 가슴과 가슴이 맞닿을 땐 뭉클했고, 서로의 숨결을 느껴야만 했던 때문이다.

도로시가 저도 모르게 가빠진 숨을 고르고 있을 때 스타르라이트 역시 똑같은 경험을 한다.

"하아~!"

땅을 딛자마자 아주 작은 소리를 낸 스타르라이트는 붉게 상기된 도로시를 보고 자신의 두 뺨을 손으로 감싼다.

본인도 똑같을 것이라 생각한 것이다.

다음 순간, 아만다가 현수의 품에 안겼다. 그런데 현수가 생각했던 몸무게보다 적어서 겨드랑이에 손을 넣어 들어 올리자 가볍게 올려진다. 당연히 가슴이 맞닿았다.

다음 순간 땅으로 내려지던 아만다는 자신의 입술과 현수의 입술이 슬쩍 스침을 느꼈다.

"흑……!"

저도 모르게 거칠어지려는 숨을 얼른 손으로 막았다.

지금은 근위대원 몰래 이곳을 빠져나가야 하는 상황이라는 것을 잘 알기 때문이다.

아만다의 두 볼 또한 새빨갛게 변했다.

그러는 사이에 싸미라 역시 현수의 품에 안기고 있다.

당연히 숨결이 부딪쳤다. 그러거나 말거나 땅에 내려놓으려는데 싸미라는 와락 힘주어 안는다.

그리곤 잠시 현수의 품에 얼굴을 기댔다.

"아아, 사랑해요! 고마워요."

"……!"

아주 작은 목소리였지만 현수는 분명히 들었다. 하나 짐짓 못 들은 척했다.

현수는 수신호로 자신을 따르라 하였다. 여인들은 고개를 끄덕이곤 조심스런 걸음으로 인도하는 대로 따랐다.

현수는 수로 근처에 이르자 아공간을 열었다.

"아공간 오픈! 출고!"

철컥—!

"어서 안으로!"

"네!"

수신호에 따라 여인들은 문이 열린 컨테이너 안으로 들어갔다. 불법 조업을 하던 지나 어부들을 담아서 날랐던 바로 그 컨테이너이다.

이곳에 오기 전 문을 열고 확인해 보니 냄새가 심해서 탈취제를 뿌려둔 상태이다. 그래도 권장하고 싶지 않은 냄새가 나지만 지금으로선 이게 최선이다.

철컥—!

"입고!"

현수가 컨테이너를 아공간에 넣은 순간 임무 교대 중이던 마법사들이 일제히 고개를 돌린다.

극도로 효율적인 마법이라 마법이 구현되어도 마나 유동이 적음에도 이를 느낀 것이다.

"이브야! 안에 공작부인들 확인해."

"네!"

"나머진 전부 나를 따르라!"

9서클 마스터의 명에 따라 8서클 마법사는 재빨리 공작부인들이 기거하는 방문을 두드렸다.

당연히 아무런 반응이 없자 힘주어 손잡이를 잡아당겼다.

"공작부……! 헉, 아무도 없다. 조장님! 싸미라 공작부인이 없습니다."

말을 하며 다른 문을 연다. 혹시 다른 방에 모여 있나 싶은 것이다. 아만다가 쓰던 방문이 열렸고, 곧이어 도로시와 스타라이트가 쓰던 방문까지 활짝 열렸다.

"비상! 비상! 모두 도주했습니다."

후다닥 후원을 향해 달리는 마법사들의 등에선 식은땀이 솟는다. 공작부인들이 사라지면 그 책임을 물어 참수형에 처할 것이 뻔한 때문이다.

같은 시각, 현수는 수로에 몸을 담았다. 그리곤 빠른 속도로 헤엄쳤다. 하지만 이내 멈추지 않을 수 없었다.

근위대원들의 수색이 시작된 때문이다.

땡, 땡, 땡, 땡, 땡, 땡……!

요란한 타종음이 밤하늘로 번져 가고 여기저기서 후다닥 달려오는 소리가 들린다.

"공작부인들이 사라졌다. 샅샅이 뒤져라!"

"네!"

두말할 필요가 없다는 듯 산지사방으로 흩어지며 공작가를 샅샅이 뒤지기 시작했다.

'끄응! 이럴 줄은 알았지만 그래도 너무 빨리 알아차렸네.'

무성한 수초 아래에 은신한 현수는 조용히 기다렸다. 숨대롱만 내놓고 가급적 천천히 숨을 잘게 쪼개서 내쉬었다.

10분을 지나 20분에 이르렀음에도 현수는 몸을 뺄 수 없었다. 하필이면 근위대원들을 지휘하는 9서클 마법사 둘이 근처에 있기 때문이다.

'제기랄! 하필이면…….'

현수는 아공간에 담긴 컨테이너를 떠올렸다. 산소 공급 장치가 달려 있어 하루나 이틀쯤은 괜찮을 것이다.

문제는 안에서 문을 열었을 경우이다. 절대 문에 손대지 말라는 말을 하지 않았다.

'설마 패닉 상태가 되진 않겠지.'

초조한 마음으로 시간 흐르기를 기다렸으나 밤새워 수색할 모양이다. 지휘자가 자리를 뜨면 좋겠는데 그러지 않고 지시만 해대고 있다.

'할 수 없지.'

현수는 조용히 이동을 시작했다. 이때 누군가 횃불을 들고 왔다.

"어라! 저건 뭐지?"

물속에 시커먼 무언가가 움직이는 듯하자 가까이 다가와 횃불로 비춰본다. 그러는 사이에 현수는 무성한 수초 아래로 은신했다.

"뭐야? 물고기 떼가 움직인 건가?"

고개를 갸웃거리고는 뒤로 물러선다. 그러다가도 뭔가 이상하다는 듯 뒤를 돌아본다.

"잘못 본 건가? 뭐였지?"

사내가 물러서자 현수는 재빨리 다른 장소로 헤엄쳤다.

수색하는 사람이 많은지 수시로 횃불이 다가와 수면 아래 뭐가 있나를 확인했기에 여러 번 수초 속에 몸을 숨겨야 했다. 다행인 건 지금이 밤이고, 그믐이라는 것이다.

밖은 환하고 수면 아래는 상대적으로 어두우니 잠수복을 걸친 현수를 빤히 보면서도 아무것도 못 알아채곤 했다.

'최상의 선택이었군.'

현수가 이처럼 애를 쓰는 이유는 라트보라 남작이 파놓은 지하 터널이 알려지지 않게 하기 위함이다.

그걸 파느라 애를 썼을 것이고, 발각될 경우 라트보라 남작이 또다시 거처를 옮겨야 하는 번거로움을 겪어야 한다.

나중에 또 쓸 일이 있을지 모르겠지만 이런 비밀 통로가 하나쯤 있어서 나쁠 것 없다는 생각이다.

"뭐해? 샅샅이 뒤져! 야! 넌, 그 속에 사람이 숨을 수 있다고 생각해? 말해봐. 누가 없어진 건지 몰라?"

자그마한 상자를 들춰보던 사내는 얼른 부동자세를 취하곤 대답한다.

"아, 아닙니다. 공작부인이라는 계집이 넷이나 사라졌습니다. 시정하겠습니다."

"알았으면 빨리 움직여! 그리고 너! 넌 뭐하는 놈이야? 그렇게 가만히 있으면 저절로 찾아지나? 어서 움직여!"

"네! 아, 알겠습니다."

누군가 고함치자 부산한 움직임이 느껴진다.

현수는 천천히 헤엄쳐 마구간 가까이까지 갔다. 그 순간 누군가 소리쳤다.

"아! 여기, 수상한 발자국이 있습니다."

"뭐? 어디? 어디?"

수면 아래에 은신한 채 밖을 내다보니 삽시간에 대여섯이나 모여든다. 흐르는 물결 때문에 일렁여 보이기는 하지만 다들 횃불을 들고 있어 바깥이 훤하다.

"여기 이거요! 이건 우리 발자국이 아닙니다. 그리고 이쪽은 아무도 얼씬거리지 않는 곳입니다."

마구간 앞문으론 수시로 드나들지만 뒤쪽으론 올 일이 없다는 것을 지적한 것이다.

"흐음! 그렇군. 그런데 이 발자국은 조금 이상하군. 한 번도 보지 못한 거야."

"그렇군! 나도 처음 보네. 확실히 수상해."

"그러게! 대체 어떤 신발이기에 이런 발자국이 찍히지?"

이들이 집중하고 있는 발자국은 다소 무른 진흙에 찍힌 것들이라 선명하다. 하나는 대한민국 육군이 신는 군화 자국이다. 당연히 마인트 대륙 사람들의 눈엔 이상할 것이다.

또 하나의 발자국은 오리발을 신었을 때 찍힌 것이다.

굵은 나무에 기댄 채 이곳에서 군화를 오리발로 갈아 신었는데 습지라 땅이 무르다는 걸 미처 유념치 못한 결과 이런 흔적이 남은 것이다.

"근데 이건 좀 이상합니다."

"그치? 사람 발자국은 아닌 것 같아."

놈들은 고개를 갸웃거린다. 군화 자국이야 그렇다 쳐도 오리발을 신고 디딘 것은 이상하다.

"이거 혹시 우리가 모르는 몬스터 발자국이 아닐까요?"

"몬스터라고?"

"네! 제가 몬스터 발자국 대부분을 아는데 이런 건 처음 봅니다. 한 번도 본적이 없어요."

오리발 자국을 살펴본 사내는 고개를 갸웃거린다.

"흐음, 발자국이 이 정도 깊이라면 무게가 얼마 안 나간다는 건데. 다들 이 근처를 샅샅이 수색해."

"네, 알겠습니다."

사내들은 다시 흩어졌다.

하지만 현수는 이동할 수 없었다. 물가에 쪼그려 앉은 채 오리발 자국을 살피는 놈이 적어도 7서클 이상인 마법사인 때문이다. 이 정도면 아주 작은 움직임도 눈치챌 수 있을 정도로 예민하다.

"근처에 같은 자국은 없습니다, 조장님!"

조장이라면 7서클이 아니라 9서클이라는 뜻이다. 현수는 숨죽인 채 바깥의 동정을 살폈다. 한 가지 다행인 점은 수로에 물이 흐르는 소리가 자신의 호흡 소리를 감춰준다는 것이다.

오리발 자국은 불과 3개뿐이다.

조장이라는 자는 예리한 시선으로 발자국을 살피더니 힐끔 물속을 바라본다. 현수와 시선이 마주쳤지만 보지 못한 듯 이내 고개를 갸웃거린다.

"뭐지? 수중 몬스터 중에 발자국이 이만하려면 덩치가 커야 하는데 이 얕은 물에 살 리는 없고⋯⋯."

"조장님! 수중 몬스터가 아니라 비행 몬스터가 아닐까요? 발자국이 너무 없잖아요."

"⋯그래, 그럴 수도 있겠군."

고개를 끄덕이던 조장이 다시 고개를 갸웃거린다.

"근데 안에 있던 계집들의 발자국은 왜 안 보이지?"

"아! 맞습니다. 그리고 보니 계집들의 발자국을 보지 못했습니다. 이봐! 다들 발자국을 유심히 확인해."

"네! 알겠습니다."

누군가의 지시에 따라 사람들이 다시 흩어진다.

한편, 무성한 수초 속에 숨죽인 채 은신해 있던 현수는 자책의 눈빛이다.

'제기랄! 방심했나 보군.'

현수는 놈이 이동하기를 기다렸다. 그런데 아무리 기다려도 수색이 끝나지 않는다. 오히려 인원만 더 늘어나고 있다. 대기조까지 모조리 동원된 것이다.

감시 대상인 공작부인들이 모두 사라졌다면 책임 추궁을 당할 것이기에 모두들 놀라서 튀어온 것이다.

"조장! 왜 이곳에만 계십니까?"

"아무래도 이게 이상해서. 이런 발자국은 처음이야."

"그래요? 뭔데요?"

새롭게 나타난 자들 또한 군화 자국과 오리발 자국을 보며 고개를 갸웃거린다.

'아공간에 있다 패닉 상태가 되면 안 되는데.'

싸미라 등은 컨테이너 창문을 통해 바깥을 볼 수 있을 것이다. 숨만 쉴 수 있을 뿐 빛 한 점 없는 완전한 암흑인 곳이다. 넷 중 하나라도 폐소공포증 혹은 암소공포증을 가지고 있다면 지금쯤 벌벌 떨거나 비명을 지르고 있을 것이다.

그러면 곧바로 다른 여인들 또한 공포를 느끼게 될 것이다. 아주 잠시라면 모르지만 시간이 더 흐르면 트라우마가 될 수도 있다.

'가라! 어서, 다른 데도 많은데 하필이면 왜……?'

놈들이 이곳을 떠나면 즉시 지하 터널을 통해 빠져나가려 했다. 그런데 작전을 변경해야 할 듯싶다.

점점 더 많은 놈이 꼬이고 있기 때문이다.

"아침조! 조장님께 보고드립니다. 계집들의 행방이 묘연합니다. 창가에만 발자국이 있을 뿐 흔적이 없습니다."

"대낮조도 보고드립니다. 계집들의 흔적이 없어 행방을 찾을 수 없습니다. 저택 전체를 와이드 센스 마법으로 훑었지만 우리 말고는 없습니다."

와이드 센스 마법을 쓰면 건물 뒤나 숲 속 등 눈에 보이지 않는 곳에 은신해 있어도 찾을 수 있다.

다만 땅속이나 현수처럼 흐르는 물속에 있는 경우는 찾기 힘들다. 매질이 흙이나 바위인 경우엔 마나가 굴절되거나 산란하고, 수면의 경우는 난반사를 일으키는 때문이다.

현수가 아직도 발각되지 않은 이유는 숨대롱의 끝만 수면 위로 살짝 나와 있어서이다.

"야간조도 보고드립니다. 더 이상 발자국 등 흔적을 찾을 수 없습니다."

"그럴 리가 있나? 계집들은 마법을 익히지 않았다. 이곳을 빠져나갔다면 당연히 흔적이 있을 거야."

조장이라는 자의 말에 모두가 고개를 끄덕인다.

"아침조! 너희는 저택 뒤를 다시 뒤진다. 대낮조! 너희는 저택 내부로 들어가 혹시 있을지 모를 비밀 통로를 찾는다."

"네!"

"야간조는 지금부터 근처의 수목 위를 살핀다."

오리발 자국이 비행 몬스터의 흔적일 수 있음을 인정한다는 뜻이다.

"조장들은 이곳에 있을 것이니 지금 즉시 움직이도록!"

"존명!"

야간조마저 사방으로 흩어지자 잠시 어두워진다. 횃불을 들고 있던 자들 전부가 이동한 때문이다.

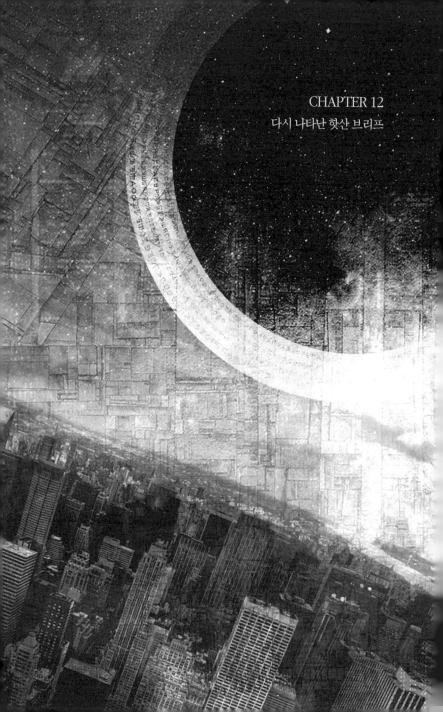

CHAPTER 12
다시 나타난 핫산 브리프

전능의팔찌
THE OMNIPOTENT
BRACELET

"라이트!"

"매스 라이트!"

라이트 마법이 구현되자 금방 대낮처럼 환해진다. 현수는 얼른 수초 아래 어두운 곳으로 몸을 숨겼다.

'빌어먹을! 왜 딴 데 안 가고 여기서 서성이는 거야?'

마음속으로 투덜거린 현수는 바깥에 온 신경을 집중시켰다. 9서클 마법사 셋이 있으니 당연하다.

"이건 말일세, 아무리 봐도 이상하네."

"그래! 내가 봐도 그래. 이건 사람 발자국 같은데 이상하고, 이건 정말 한 번도 못 본 흔적이야."

"그렇지? 흔적이 사라지기 전에 조심스레 본을 떠보세. 학계에 발표해야 하니까. 안 그런가?"

"그렇지, 내가 본 뜰 준비를 하겠네. 아공간 오픈!"

아공간을 열어 무언가를 꺼내는 모습은 본 현수는 이맛살을 찌푸렸다.

'끄응! 하필이면 왜……?'

마법사의 탐구심이 원망스러웠다. 슬쩍 짜증이 난 현수는 조장들의 뒷모습을 노려보았다. 본을 다 뜰 때까지 꼼짝없이 숨죽이고 있어야 하기 때문이다.

'빌어먹을 놈들! 저것들을 정말……!'

자신도 모르게 살짝 살기를 뿜었다. 그런데 이를 느꼈는지 일제히 시선을 집중시킨다.

'이런 제기랄!'

존재가 발각되었음을 깨달은 현수는 나직이 투덜거리며 벌떡 일어났다. 검은 잠수복 슈트 차림에 물안경을 쓰고, 숨대롱을 입에 문 상태이다.

"허억! 모, 몬스터!"

"흐익! 놀래라. 뭐, 뭐야?"

깜짝 놀란 조장들이 저도 모르게 물러섰다. 생전 처음 보는 수중몬스터의 기괴한 모습 때문에 본능이 시킨 일이다.

수로에서 튀어나온 현수는 검은색 오리발을 신고 있다.

다들 놀랐는지 눈을 크게 뜬다. 이 순간 현수의 입술이 나직이 실룩거린다.

"매스 스터리지!"

"허억—!"

"으앗!"

"블링크!"

셋 중 둘이 현수의 아공간 속으로 빨려들었지만 나머지 하나는 황급히 거리를 벌린다. 그리곤 목에 걸고 있던 호각을 입에 문다. 비상 상황임을 알리려는 것이다.

어찌 그냥 놔두겠는가!

"블링크! 매스 스터리지."

재빨라 거리를 좁힌 후 아공간에 담으려 했는데 메뚜기처럼 뛰어가며 또다시 거리를 벌린다.

휘이이이익—!

"이런 빌어먹을! 파워 워드 킬!"

"앱솔루트 배리어! 크으윽! 텔레포트!"

9서클 절대 마법 중 하나가 구현되자 재빨리 방어 마법을 펼친다. 하나 마나의 차이 때문에 내상을 입었는지 한 줄기 선혈을 뿜어낸다.

부상 치료를 위한 리커버리 마법을 썼다면 재차 파워 워드 킬을 구현시키련만 놈은 영악하게도 몸부터 뺀다.

"이런 빌어먹을!"

현수가 나직이 투덜거릴 때 저택으로부터 달려오는 무리들이 있다. 아침조, 대낮조, 그리고 야간조 전원이다.

마법사들이 우르르 달려드는 모습을 본 현수는 모두를 제압하려다 말았다.

아공간에 담겨 있는 싸미라 등이 염려된 때문이다.

"끄응! 텔레포트!"

현수 역시 이동 마법을 써 자리를 비웠다.

"아앗, 대규모 마나 유동이다. 저기야 저기!"

근위대원들이 달려왔을 때에는 모두가 사라진 뒤이다. 이들이 주변을 뒤지려는 찰나 저택 앞 누군가가 소리친다.

"아앗! 2조장님! 2조장님! 정신 차리세요."

"모두 저쪽으로!"

또 우르르 달려간 근위대원들은 앞섶을 선혈로 홍건히 적신 2조장을 보고 망연자실한 표정을 짓는다.

누가 있어 이렇게 짧은 시간 만에 9서클 마법사를 이 지경으로 만들었는지는 모르지만 심상치 않은 상태인 때문이다.

"노, 놈이 왔어."

2조장의 미약한 음성에 다들 귀를 기울인다.

"네? 누가 왔다고요? 2조장님! 조장님! 정신 좀 차려보세요. 이런, 리커버리!"

샤르르르릉—!

마나가 체내로 스며들자 스르르 눈을 감던 2조장의 눈에서 다시 생기가 비친다.

"2조장님! 어떻게 된 겁니까?"

"으으! 놈이 왔나 봐."

"놈이라뇨? 누굴 말씀하시는 겁니까?"

"하, 핫산 브리프!"

"네에?"

모두가 놀라며 한 발짝씩 물러난다.

핫산 브리프는 로렌카 제국의 마법사들에게 있어 무자비한 사신(死神)이나 마찬가지인 존재이다.

포위된 상태에서도 9서클 마스터 수십 명을 한꺼번에 아공간에 담아 질식사시켰다. 라이프 베슬을 파괴하기 전엔 결코 없앨 수 없는 최고위급 리치들도 제압했다.

이것만으로도 놀랍다. 그런데 상당히 오랜 시간 동안 100명이 넘는 9서클 마스터와 200명이 넘는 8서클 마법사의 공격속에서도 홀연히 사라진 인물이다.

이 과정에서 퍼부었던 마법을 생각하면 등에서 식은땀이 흐를 지경이다.

막대한 마나가 소요되는 라이트닝 퍼니쉬먼트를 숨 쉴 틈

없이 쏟아내어 제국의 마법사들을 위기에 몰아넣었었다.

핫산 브리프 공작이 사라진 후 제국의 마법사들은 일제히 안도의 한숨을 내쉬었다.

대결이 5분만 더 이어졌다면 전부 마나고갈 현상이 빚어졌을 것이기 때문이다. 그랬다면 패자는 제국의 마법사들이었을 것이다.

그날 이후 제국의 마법사들은 핫산 브리프를 '셀란토스(Selantos)'라 부른다. 마인트 대륙인들의 죽음을 관장하는 사신의 이름이다.

"2조장님! 방금 뭐라 말씀하셨습니까? 하, 핫산 브리프라 말씀하신 겁니까?"

"그, 그래! 세, 셀란토스 핫산 브리프! 으으! 푸아아!"

선혈을 분수처럼 뿜어내는 걸 보니 조금 전의 리커버리로 치료가 안 된 모양이다.

"리, 리커버리!"

다시 마법이 구현되자 2조장의 눈빛이 다시 맑아진다.

"2조장님! 분명 셀란토스라 하셨습니까?"

"1조장과 3조장은 놈은 아공간에… 푸아앗!"

또다시 선혈을 뿜는데 무언가 섞여 있다. 조각난 위와 창자인 듯싶다. 이를 본 마법사들은 나직한 침음을 낸다.

"으으, 이런……!"

이런 부상은 리커버리 마법으로 회복시킬 수 없다.

리커버리는 신체의 문제 있는 부위를 원상으로 회복시키는 것이지 상처를 아물게 하는 것이 아닌 때문이다.

얼른 배를 째고 치유할 부위에 컴플리트 힐 마법을 반복한다면 가능성이 있다. 하나 이곳은 부술(剖術)이 발달하지 않은 곳이다.

"으으으! 으으으으……! 놈은 괴물이었어. 절대 대항하지 마라. 우리의 전력으론……. 으으! ……!"

"2조장님! 정신 차리세요."

"조장님! 정신 차려요. 이렇게 가시면 안 됩니다."

얼른 다가가 2조장을 흔들었지만 대답이 없다. 과도한 출혈로 인해 사망한 것이다.

"어서! 어서 황궁에 보고하러 가자."

"네! 알겠습니다."

누군가의 말에 모두들 놀란 기러기처럼 황궁을 향해 쏘아져 간다. 2조장의 말대로 핫산 브리프가 이곳에 있다면 살아 있어도 산 목숨이 아니므로 얼른 따라간 것이다.

한편, 황궁으로부터 약 30㎞ 정도 떨어진 곳으로 텔레포트한 현수는 서둘러 라이트 마법으로 주위를 밝힌 후 컨테이너부터 꺼냈다.

그런데 눈에 거슬리는 것이 뜨인다.

조금 전에 아공간에 담았던 1조장과 3조장이 컨테이너에 달라붙어 있었던 것이다. 9서클 대마법사라 할지라도 호흡을 하지 못하는 죽는다.

그런데 숨을 쉬고 싶어도 아공간엔 공기가 없다. 그렇기에 신선한 외부 공기를 접하자마자 입부터 벌린다.

"흐아암ㅡ!"

"허어업ㅡ!"

허파 가득 신선한 산소를 흡입하던 조장들의 귀에 현수의 나직한 음성이 들린다.

"파워 워드 킬! 파워 워드 킬!"

"커흑ㅡ!"

"크으윽ㅡ!"

쿵, 쿵ㅡ!

부지불식간에 시전된 궁극 마법은 둘의 목숨을 단숨에 끊었다. 시신이 나뒹굴자 현수는 얼른 아공간에 담았다.

여인들이 보기에 좋은 모습이 아닌 때문이다.

끼이익ㅡ!

컨테이너의 문이 열리고 환한 빛이 쏟아져 들어가자 기다렸다는 듯 싸미라 등이 튀어나온다.

"다들 괜찮은 거지? 싸미라! 괜찮아?"

"네에! 전 괜찮아요. 그런데 아만다가……!"

아만다 프러페 반 도델은 아르센 대륙 북쪽에 위치한 도델 왕국의 공주이다. 왕궁에 머무는 동안엔 어둡고 폐쇄된 공간 속에 있어본 적 없이 살았다.

그런데 이곳 마인트 대륙으로 납치되어 올 때 그런 상황에 처했었다. 어딘지 알 수 없는 곳으로 끌려가 사내들의 노리개가 된다는 말을 들었기에 어둡고, 좁은 곳에 갇혀 있는 동안 심리적 충격으로 암소공포증과 폐소공포증이 생겼다.

그래서인지 얼굴은 창백하고, 잔뜩 겁에 질린 표정이다.

"하아, 하아! 하아, 하아—!"

숨을 몰아쉬는 아만다에게 다가간 현수는 부드러운 손길로 등을 토닥여 주었다.

"아만다! 이제 괜찮아. 여긴 안전한 곳이야."

"하아, 하아! 하아, 하아—! 휴우우!"

아만다는 가쁜 숨을 조절하려 애쓰더니 이내 긴 한숨을 몰아쉰다.

"이제 괜찮은 거지?"

"……!"

아만다는 대답 대신 고개를 끄덕인다. 그리곤 시선을 들어 현수의 얼굴을 빤히 바라본다.

현수는 시선을 피하지 않았다. 상태가 나아졌는지 확인하느라 아만다의 별빛 같은 눈빛을 스친 것이다.

한편, 아만다는 자신을 선택해 준 이 위대한 인간의 모습을 뇌리에 새기고 있다. 전에도 몇 번 보기는 했지만 먼발치에서 보았거나, 옆에서 본 것이 대부분이다.

정면에서 볼 수도 있었지만 그때는 부끄럽거나, 당혹스러워 고개를 숙이거나 시선을 피했었다.

따라서 지금 보는 것이 최초라 해도 무방하다.

핫산 브리프 공작가에 기거하는 동안 싸미라로부터 들은 이야기도 있었고, 근위대원들의 대화도 많이 들었다.

세상에 누가 있어 136명의 9서클 마스터에게 둘러싸인 채 공격을 받아보았겠는가! 이때 주변을 에워싸고 있던 것은 8서클 마법사 300여 명이다.

이 밖에 9명의 리치도 있었다.

어쨌거나 대결이 있던 그날, 현수는 시체도 남기지 못하고 증발한 것으로 소문이 났었다.

분노한 9서클 마스터 100명과 8서클 300명의 공격이 한 몸에 부어졌으니 이런 소문이 날 만하다.

그리고 이를 믿는 사람도 상당히 많았다.

라이트닝 계열 마법으로 정신을 잃게 한 후 윈드커터 계열로 살은 물론이고 내장과 뼈까지 완전하게 토막 낸 다음 헬 파이어 같은 마법이 중첩되어 구현되었다면 가능한 일이다. 이

건 현수가 사라진 뒤 시신이 증발했다는 것을 증명하기 위해 죄수 중 하나를 세워놓고 했던 실험을 통해 증명된 일이다.

그날 현장에 있던 마법사들의 능력이라면 충분하고도 남는 일이니 믿는 이가 많은 것이 당연하다.

그런데 싸미라는 그 말을 단 한 번도 믿지 않았다.

이 세상에서 가장 위대한 인간인 핫산 브리프는 분명 어딘가에 살아 있을 것이며 반드시 자신을 아내로 맞이하기 위해 되돌아올 것이라 힘주어 강변했다.

아만다 등은 대체 무슨 근거로 그런 생각을 하느냐고 물었다, 그때 싸미라는 어렸을 때 만났던 현자 이야기를 했다.

보다 높은 경지에 이르기 위해 정처 없는 발길로 마인트 대륙을 유람하고 있다는 이름 모를 현자는 어린 싸미라를 보고 이렇게 말하였다.

"아주 예쁜 아가씨구만! 어디 보자. 어디 보자."

마치 사이비 점쟁이처럼 싸미라의 얼굴과 손금 등을 살핀 현자는 말을 이었다.

"가장 존귀한 자리에 오르겠어. 허어! 어쩜 이렇게 좋을 수가……! 성장하는 동안 곤궁함을 겪을 것이나 장성해서는 귀인을 만나 하늘 끝까지 오를 관상이네."

"어머! 정말요? 그럼 제가 황태자비가 되는 건가요?"

당시에도 늙은 황제는 어전회의에 참석치 않았다. 젊은 모습을 한 황태자가 황제를 대신하여 국사를 논하곤 했다.

황태자에겐 정비와 차비가 있으며, 일곱 명의 비와 열여섯 명의 후궁이 있었다. 이 밖에도 황태자의 승은16)만 기다리는 여인들이 기백이나 줄 서 있다 하였다.

어린 시절의 싸미라는 자신이 황태자비가 되면 몰락한 가문이 다시 일어설 것이며, 만조백관들의 하례를 받는 위치에 오르는 것으로 알았다.

현자는 철없던 싸미라를 바라보며 이렇게 말하였다.

"그래, 그렇게 생각할 수도 있겠지. 아무튼 아가씨는 아주 귀한 여인의 자리에 오르게 될 것이야. 그때 너그럽지 못하면 버림을 받을 것이니 늘 착하게 살아야 한다."

"네에! 현자 할아버지. 그럴게요."

어린 시절인지라 싸미라는 흔쾌히 고개를 끄덕였다. 그리곤 문득 생각났다는 듯 다시 입을 열었다.

"근데요, 현자 할아버지, 전 오래 사나요?"

"왜에? 일찍 죽을까 봐 겁이 나나?"

"네! 죽는 건 너무 무서워요. 그래서 오래오래 살고 싶은데 저는 몇 살까지 사나 봐주세요?"

"글쎄? 어디 보자, 어디 보자……. 어이쿠! 아주 오래오래

---

16) 승은(承恩) : 신하가 임금에게서 특별한 은혜를 받거나 여자가 임금의 사랑을 받아 잠자리를 같이하는 일.

살겠는데? 벽에 똥칠할 때까지 살겠어."

"어머, 정말요? 히히, 신나라! 아빠, 저 오래 산대요. 벽에 똥칠할 때까지요. 근데 벽에 똥을 칠하면 냄새나지 않나요? 제가 왜 벽에 똥칠을 해요?"

"그건 말이다. 실제로 그런다는 게 아니라 ……."

어린 싸미라는 부친의 설명에 귀를 기울였다.

어쨌거나 그날 이후 싸미라는 자신이 귀한 여인이 될 것이며, 장수할 것이란 걸 믿어 의심치 않았다.

좋게 생각하면 정말 그렇게 된다는 '긍정의 힘'을 터득해서가 아니다. 현자의 풍도가 그럴듯하였기에 모든 말이 진실이라 생각했던 것이다.

현재의 나이는 결코 늙었다고 할 수 없다.

오히려 인생에서 가장 아름답고 싱싱한 시기이다. 이 나이에 과부가 되면 어찌 가장 존귀한 여인이 되겠는가!

따라서 핫산 브리프 공작은 반드시 구하러 올 것이다.

그렇기에 공작가로 온 이후 누구보다도 마음 편히 독서를 하며 시간을 보냈다. 그 결과 서재에 있는 거의 모든 책을 읽었다. 기억력이 좋은지라 상당히 많은 부분이 머릿속에 담긴 상태이다.

다음으로 오랜 시간을 보낸 건 주방이다. 대부분의 귀족가 여식들은 요리하는 것을 천한 짓이라 생각한다.

그럼에도 싸미라가 주방에서 시녀들과 시간을 보낸 것은 평생 사랑하고 존경해야 하며, 진심으로 따라야 하는 임을 위한 요리를 자신의 손으로 직접 만들고 싶어서이다.

한 가지 요리를 배우면 가장 맛이 있는 것이 만들어질 때까지 반복해서 만들고 또 만들었다. 그리곤 최상의 것이 만들어진 레시피(Recipe)를 작성해 두었다.

이렇게 하여 만들어진 것이 무려 80여 가지이다. 어제도 하나의 성공 레시피를 추가했다. 부부가 함께 술 한잔 마시면서 담소를 나눌 때 좋을 안주 요리이다.

이것을 만들면서 싸미라는 콧노래를 불렀다. 핫산 브리프 공작과 기분 좋게 술 한잔을 마신 후 정열적인 침대를 생각하니 절로 노래가 나왔던 것이다.

시녀들은 싸미라의 주방 출입을 막았다. 그런데 이를 막으면 자해하겠다는 공갈에 놀라서 물러났다. 싸미라의 신상에 이상이 생기면 황태자의 분노를 살 것이기 때문이다.

대신 만든 음식을 반출하지 못하도록 막았다. 아만다나 도로시 등이 먹지 못하게 하기 위함이다.

아만다는 현수의 모습을 뇌리에 각인시켰다.

키도 크고 뚱뚱하지 않아 좋았으며, 늙지 않은 모습이 가장 마음에 들었다.

9서클 마법사의 나이는 대부분 100살이 넘는다.

문득 현수의 나이가 궁금해진 아만다는 몇 살이냐고 물으려다 말았다. 혹시라도 100살을 훨씬 넘겼다는 대답을 들을까 싶어서이다.

도델 왕국의 국왕이자 부친의 나이는 올해 44세이고, 아들에게 왕위를 물려주고 유유자적한 삶을 즐기는 조부는 66세이다. 그보다 윗대의 증조할아버지도 생존해 있는데 그의 나이는 89세인데 완전 호호백발이다.

현수가 100살이 넘었다면 자신은 증조할아버지보다도 더 늙은 사람과 결혼하는 것이다. 자신은 이제 막 피어나기 시작하는 시기이니 웬만하면 젊었으면 좋겠다.

"뭐 하나 여쭤 봐도 되나요?"

"응? 으응, 그럼! 뭘 알고 싶은데?"

"혹시 100살도 넘고 그래요? 어머……!"

물어봐 놓고 깜짝 놀라는 표정을 짓는다. 이걸 물으려던 것이 아닌데 입이 제멋대로 움직인 때문이다.

"아니!"

"그럼 200살도 넘은 거예요?"

아만다는 제발 아니라는 말을 해달라는 표정을 짓는다. 현수는 왜 이러는지 깨닫고는 빙그레 웃었다.

"내 나이는 왜 궁금한데? 내가 혹시 아주 나이가 많은 사람일까 봐 그래?"

아만다는 얼른 고개를 끄덕인다. 감추고 싶었던 속내를 들켰으니 진실이나 알자는 표정이다.

"그게… 그래요. 우리 할아버지보단 젊었으면 좋겠어요."

"그래? 아만다의 아버님은 올해 연세가 몇이시지?"

"마흔네 살이요. 할아버진 예순여섯 살이세요."

아만다는 어서 대답해 달라는 표정으로 바라본다. 그러고 보니 예쁘긴 정말 예쁘다.

하긴 헝가리의 여신이라 불리는 바바라 팔빈이 가장 예쁠 때의 모습이다. 어찌 아름답다 하지 않겠는가!

"내 나이는 서른셋이야. 아만다의 아버님보다는 젊지."

"…정말요?"

믿을 수 없다는 표정을 지으며 끼어든 것은 스타르라이트이다. 현수가 아무리 젊어도 최하 150살을 되었을 것이라 생각하고 있었던 때문이다.

"그래! 서른셋 맞아. 그나저나 다들 괜찮지?"

현수는 도로시에게 시선을 주었다. 그러자 나는 괜찮다는 뜻으로 고개를 끄덕인다.

"흐음! 여긴 좀 그렇군. 다들 가까이 와."

"네에."

컨테이너를 아공간에 넣은 현수는 여인들과 함께 다시 한 번 텔레포트했다.

이번엔 로렌카 제국의 마법사들이 좌표를 읽고 이동한 곳을 찾을 수 없도록 혼란을 주는 조치를 취한 후이다.

현수 일행이 사라지고 얼마 지나지 않아 마법사 100여 명이 한꺼번에 나타났다. 로렌카 제국의 핵심인 9서클 마스터들이다. 이들은 현수가 이동한 곳의 좌표를 유추했다.

그런데 계산이 되지 않는다. 컴퓨징 마법이 중첩되어 있는 때문이다.

"이런 빌어먹을……! 추적이 불가능해."

"공작! 어서 황궁으로 돌아갑시다. 놈이 거기로 갔다면……."

누군가의 말은 중간에 잘렸다.

"맞네! 다들 황궁으로 귀환하세. 폐하와 황태자 전하를 지켜야 하네. 텔레포트!"

잠시 후 100여 명의 9서클 마스터 전원은 황궁으로 되돌아가 경계근무를 시작한다. 7서클 이상인 마법사 전원이 호출되어 황궁은 시끌벅적해졌다.

정비와 더불어 침소에 들었던 황태자가 나와 비상대책회의를 개최하였다. 제국의 위기라는 판단을 내렸기에 어느 누구도 감히 태만하지 않았다.

같은 시각, 현수 일행은 맥마흔으로부터 약 100여 ㎞ 정도 떨어진 계곡에 있다. 몇 번의 텔레포트 끝에 당도한 이곳은 지형상 감시하기 용이한 곳이다.

혹시 있을지 모를 추적에 대비하여 부엉이 서너 마리를 잡아 패밀리어 마법으로 복속시켰다. 이들이 보고 듣는 것 모두 실시간으로 현수에게 전해지게 한 것이다.

그리곤 컨테이너들을 꺼냈다. 여인들이 쉴 수 있도록 침대와 소파 등을 세팅해 주곤 주방용 컨테이너를 꺼냈다.

맛없는 페시돈 요리로 배를 채웠을 리 없다. 하여 제대로 된 요리를 만들어주려는 것이다.

궁리 끝에 선택한 것은 신선한 샐러드를 곁들인 치맥이다.

반죽은 타임 패스트 마법으로 숙성시켰다. 그런 다음 끓는 기름에 넣어 제대로 튀겨냈다.

시원한 생맥주와 절여진 무, 그리고 신선한 샐러드를 차려 놓고 나니 냄새가 그럴듯하다.

싸미라와 아만다, 그리고 도로시와 스타르라이트는 누가 뺏어먹을까 두렵다는 듯 와구와구 먹어댔다. 시원한 생맥주를 곁들인 심야의 식사는 대략 한 시간 만에 끝났다.

다들 배가 고팠는데 너무도 맛있는 음식이 앞에 있자 말도 안 하고 먹는 데만 열중한 결과이다.

"자, 이제 샤워를 하는데 이건 찬물이 나오는 거고, 이건 따뜻한 물이 나오는 거야. 이걸 이렇게 조절하면……."

현수의 설명을 들은 여인들은 생애 처음으로 샴푸와 바디

클렌저, 그리고 폼 클린징을 사용한 샤워를 마쳤다.

당연히 감탄사의 연속이었다. 샤워를 마치곤 보들보들하면서도 하얀 수건을 보고 또 한 번 놀란다.

머리카락은 헤어드라이어로 말렸다. 그리곤 침실로 안내되었다. 샤워하는 동안 현수는 패드와 여름용 이불을 세팅해 놓았는데 그걸 보고 또 한 번 놀란다.

너무도 화사한 그림이 그려져 있는 때문이다.

왕궁에서 태어난 아만다조차 평생 한 번도 못 본 것이라며 연신 감탄사를 터뜨렸다.

컨테이너 하나당 두 명씩 자도록 조치한 현수는 캠핑용 의자를 꺼내놓고 앉았다. 혹시 있을지 모를 짐승이나 몬스터의 접근을 미연에 차단하기 위함이다.

짹, 짹, 짹—!

"하암! 끄응—! 으읏!"

가장 먼저 일어난 스타르라이트는 기지개를 켜다 깜짝 놀라는 표정을 짓는다. 그리곤 좌우를 둘러본다. 아만다는 여전히 자는 중이다.

원피스 잠옷을 걸치고 있음을 보곤 자신이 입고 있는 것을 살핀다. 예쁜 꽃 그림과 나비가 그려진 것이다.

색감도 훌륭하지만 무엇보다도 촉감이 부드럽고 좋다.

"과연 10서클이시네."

마법 처리된 것으로 생각한 스타르라이트는 고개를 끄덕인다. 그리곤 자리에서 일어났다.

습관처럼 청소를 하려는 것이다. 그런데 도구가 없다. 그리고 더럽거나 어지럽혀져 있지도 않다.

어제 벗어놓았던 옷을 다시 입으려던 스타르라이트는 고개를 갸웃거린다. 옷에서 향긋한 냄새가 나는 때문이다.

지난밤 현수가 세탁해 놓은 결과이다.

"흐으음! 아아, 향기로워."

스타르라이트는 은은한 꽃향기를 흠뻑 들이마시곤 지그시 눈을 감는다. 그리곤 화사한 미소를 지었다.

10서클 마법사의 여인이 된 것이 너무 좋아서이다.

"오늘 아침은 샌드위치라는 거야. 자, 자리에 앉아."

"네에. 그런데 뭘……? 우와아~!"

"세상에! 이게 다 뭐래요?"

"어머! 너무 맛있겠어요."

현수가 세팅해 놓은 식탁을 본 여인들의 반응이다.

레이스 달린 하얀 천으로 덮여 있는 식탁엔 현수가 신경 써서 만든 양송이스프와 베이컨과 달걀, 토마토와 치즈, 그리고 상추와 양파 등이 들어간 샌드위치가 놓여 있다.

후식으로 먹을 바나나, 멜론, 포도도 먹기 좋게 접시에 담겨 있다. 이 밖에 얼음을 동동 띄운 시원한 물이 담긴 유리병과 사과주스 용기도 있다.

각자의 자리에는 빈 접시들과 투명한 유리컵들이 있는데 음식을 덜어먹거나 물, 또는 주스를 따라 마시라는 의도이다.

식탁 중앙엔 꽃병이 있는데 잘 핀 야생화 한 묶음이 자태를 뽐내고 있다.

"어머나! 이건……."

마법사의 제국 국민답게 싸미라는 은빛 나는 포크와 나이프, 그리고 스푼을 보며 감탄사를 터뜨린다.

아르센에서 그랬던 것처럼 모두 미스릴로 만든 것으로 착각하고 있는 것이다.

"어머! 언니, 이 접시 좀 봐요."

아만다의 시선을 끌고 있는 것은 행남자기에서 생산한 '그레이스 아벨 홈세트'이다. 흰 바탕에 예쁜 꽃그림이 그려진 이것은 약 33만 원 정도 한다.

참고로 1골드는 100만 원, 1실버는 1만 원, 1쿠퍼는 100원의 가치가 있다. 따라서 이곳 화폐 기준으로 보면 1골드도 되지 않는다.

그럼에도 도델 왕국의 공주인 아만다가 놀란 표정을 짓는다. 이런 건 한 번도 본 적이 없는 물건이기 때문이다.

이때 스타르라이트가 가장 먼저 스프와 샌드위치에 손을 댄다.

"잘 먹겠습니다."

현수가 먹고 있는 걸 보았기에 두 손으로 빵을 들고 있다.

"저도 잘 먹을게요."

싸미라가 눈빛을 빛낸다. 처음 보는 요리인 때문이다.

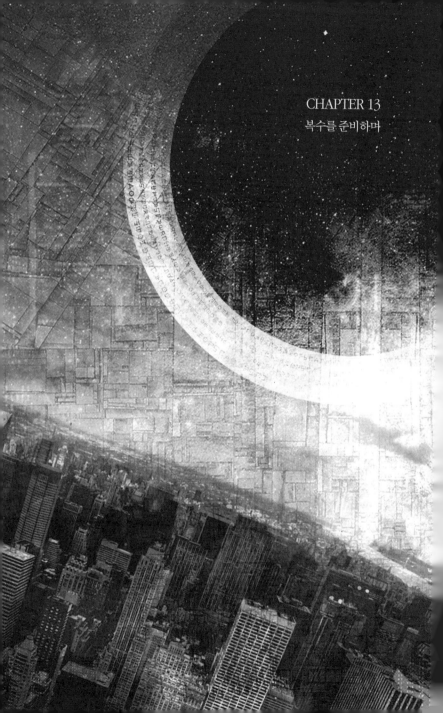

CHAPTER 13
복수를 준비하며

"여기서 기다려! 최소한 황성 외벽으로부터 20㎞는 떨어져 있어야 한다는 것을 잊지 말고."

"네! 그럴게요."

싸미라 등은 고개를 끄덕인다. 여인들의 뒤쪽엔 마일티 왕국 공작자의 후손 헤럴드 폰 하시에라가 서 있다.

이곳은 천험의 절지라는 뜻을 가진 테라카이다. 싸미라 등을 부탁하고 의논할 것이 있어 되돌아온 것이다.

"헤럴드! 잘 부탁하네."

"물론입니다. 걱정 마십시오."

"내가 주의준 것을 결코 잊으면 안 되네. 절대 무리한 욕심을 내지 않도록 반 로렌카 전선에게 기별을 해야 하고."

"물론입니다, 마탑주님, 아니, 폐하의 뜻대로 철저한 준비를 하겠습니다."

"그래, 헤럴드만 믿네."

헤럴드 폰 하시에라 역시 충성을 맹세하며 신하로 받아줄 것을 정중히 요청했다. 아울러 로렌카 제국군을 징치할 때 최선봉에 세워 달라고 청했다.

얼마 전, 멸망당한 화티카 왕국의 후손 요슈프가 건국공신이 되어보겠다는 야망을 품은 것과 같은 맥락이다.

맥마흔을 휘저어놓고 사라졌던 핫산 브리프가 다시 나타났다는 소문이 돈 이후 반 로렌카 전선은 전에 없이 많은 연락을 주고받았다.

조만간 복수전이 있을 것이고, 그때 도주하는 로렌카 제국의 잔당을 일망타진하기 위함이다.

이것에 대한 원칙은 확고하다.

4서클 이상인 흑마법사는 결코 포로는 잡지 않는다. 눈에 보이는 족족 목을 베어 확실하게 죽음을 확인 후 화장한다.

로렌카 제국군 중 기사들은 전원 사형이고, 병사들 가운데에서도 잔학 행위를 자행한 자들은 전원 참수형이다.

인육을 섭취한 자들 역시 죽음을 면치 못한다.

제국에 충성하던 관리들은 직급에 따라 고위급은 전원 사형이고, 낮은 직급은 병사에 준한 처벌을 받는다.

아울러 관리로서 취한 부당 이득 전부를 몰수하는데 부당한 착취를 자행한 자는 참수형에 처해지며, 그의 직계가족은 모두 노예가 된다.

처벌받은 자들의 사체는 전부 화장하고, 타고 남은 재는 모두 수거한 뒤 먼 바다에 뿌린다. 마인트 대륙에 흔적조차 남길 수 없도록 하기 위함이다.

흑마법서는 입문서라 할지라도 모조리 불에 태우고, 제국이 아르센 대륙을 도모하기 위해 준비해 놓은 좀비와 구울, 그리고 스켈레톤 등도 모조리 불태우기로 하였다.

아울러 흑마법사들의 연구실은 모조리 비워지고 폐쇄된다.

일련의 조치는 제2차 세계대전이 끝난 후 프랑스 임시정부가 나치에 협력 내지는 찬양을 했던 자국민들을 징치한 것 이상이 될 것이다.

그때는 가족을 노예화하지는 않은 때문이다.

현수는 단 하나의 예외도 없이 철저히 발본색원하고 이를 마인트 대륙의 사서(史書)에 기록하라는 명령을 했다.

죽은 자들의 성명을 분명히 명기할 것이며, 어떤 죄를 지어 어떻게 처벌받았는지 또한 명확히 하라 하였다.

역사를 잊거나, 모르면 같은 일이 되풀이될 수 있음을 충고

한 것이다.

반 로렌카 전선 사이에 이런 연락이 오가는 동안 맥마흔에
선 제국의 위기라 판단한 황태자의 명에 따라 마법사와 기사
들에 대한 소집령이 선포되었다.

대륙의 4서클 이상 마법사 전원과 소드 익스퍼트 이상인
기사들을 모조리 불러 모은 것이다.

현수와의 대결이 있을 경우 결코 빠져나갈 수 없게 하기 위
함이다. 아울러 화살받이로 쓰려는 의도도 있다.

이로써 현수가 퍼뜨렸던 유언비어는 사실이 되었다.

황궁에선 칙령을 반포하기 위해 모든 포탈을 총동원하여
수없이 많은 방문[17]을 대륙 각지로 발송했다.

수도에 도착한 4서클 이상인 마법사와 기사들은 맥마흔은
물론이고 성벽 바깥쪽까지 무리지어 배치될 예정이다.

핫산 브리프가 나타났다가 도주하더라도 즉각 신호를 주
고받아 추적하기 위함이다.

집결하는 인원이 워낙 많기에 황궁에선 수도의 주민들에
게 소개령을 내렸다.

꼭 필요한 관리, 기사, 마법사, 요리사, 시녀 등을 제외한
모든 이에게 당분간 수도를 떠나 있으라는 명령이다.

이들이 비운 자리엔 각지에서 올라온 마법사 등이 머물게

---

17) 방문(榜文) : 어떤 일을 널리 알리기 위하여 사람들이 다니는 길거리나 많이 모
이는 곳에 써 붙이는 글.

된다. 마법사와 기사들이 머물 곳이 부족하자 수도의 주민들을 강제로 내쫓은 것이다.

어쨌든 바라던 대로 일이 진행되었으니 현수로선 임도 보고 뽕도 따는 일이다.

"쩝, 여기에도 나라를 만들어야 하는 거야?"

테라카를 떠난 현수는 나직이 투덜거렸다.

핫산 브리프가 다시 등장했다는 소문이 번지자 반 로렌카 전선에서 분열이 발생되었다. 떡 줄 사람은 생각도 않는데 김 칫국부터 마시기 시작한 것이다.

현수에 의해 로렌카 제국이 무너질 경우 기름진 옥토를 더 많이 차지하려는 이기심이 발동된 것이다.

시작도 하기 전에 결과부터 나누자고 달려든다는 헤럴드의 말에 현수는 나직이 혀를 찼다.

"쯧쯧! 하여간 인간들이란……."

인간의 욕심은 우주보다도 크다는 걸 다시 한 번 깨닫는 순간이다.

"반 로렌카 전선끼리 다툴 경우 혹시라도 있을지 모를 로렌카의 잔당들에 의해 다시 유혈사태가 벌어질 수도 있습니다. 그러니 마탑주님께서 이 땅에 이실리프 왕국, 아니, 제국을 건국하는 것이 최상의 방책이라 사료되옵니다."

"끄응……!"

현수는 나직한 침음을 내고 한참을 침묵했다. 그렇지 않아도 이런 생각을 해봤는데 내키지 않아서이다.

아르센 대륙 바세른 산맥 아래에 자리 잡은 이실리프 자치령은 규모는 크지 않지만 하나의 국가로서 대접받고 있다.

이웃한 테리안 왕국에서는 매년 예물을 보내 상호간의 우의를 다지고 싶다면서 적지 않은 식량을 보냈다.

현수에게 아직 보고되지 않은 사항이 몇 있는데 그중 하나는 미판테 왕국 또한 예물을 보냈다는 것이다.

금은보화가 가득한 마차가 세 대나 당도해 있다. 지구의 화폐로 환산하면 약 5,000억 원 규모이다. 국가 간의 우호를 위한 예물이라 칭하기엔 실로 어마어마한 액수이다.

그런데 현수의 아내 중 로잘린과 케이트, 그리고 다프네는 미판테 왕국 출신이다. 그렇기에 국왕이 부모를 대신하여 일종의 지참금을 보내준 것이다.

아르센 대륙에서 가장 힘이 센 카이엔 제국과 라이서 제국, 그리고 크로완 제국 역시 엄청난 예물을 발송했다.

산속에서는 구하기 힘든 생필품들이 가득 든 짐마차만 각각 100여 대이다. 운송책임자는 제국의 공작들인데 그들의 품에는 황제의 친서가 담겨 있다.

좋은 말로 표현하자면 선물 줄 테니 친하게 지내자는 뜻이다. 그리고 자국 마법사와 기사들을 유학 보낼 테니 잘 가르쳐 달라는 뜻도 담겨 있다.

대륙의 남쪽 이실리프 군도 역시 왕국으로 대접받고 있다.

북서쪽의 아드리안 왕국과 쿠르스 왕국, 북동쪽의 제라스 왕국과 라이카 왕국에선 사신을 보내 화친을 제의했다.

물론 상당히 많은 예물을 가지고 왔다.

남서쪽에 위치한 엘라이 왕국과 남동쪽의 브리만 왕국 또한 이실리프 왕국과의 우호적인 관계를 원한다면서 공작급 사신들을 파견했다.

이들이 가져온 것은 아르셴 대륙에선 찾아보기 힘든 비행 몬스터의 가죽과 아쿠아마린이나 진주 같은 귀금속이다.

이렇듯 이미 두 개의 왕국이 운영되고 있다.

이것들을 제대로 개발하여 살기 좋은 나라로 만드는 것도 벅찬 일이다. 수시로 지구를 오가야 하는 때문이다.

지구에도 이실리프 왕국이 다섯 개나 있다.

그런데 이 모든 것을 다 합친 것보다도 훨씬 큰 땅 덩어리에 또 다른 왕국을 세우라고 한다.

참고로, 마인트 대륙은 아시아 대륙과 유럽 대륙, 그리고 아프리카 대륙과 남아메리카 대륙 전체를 합쳐놓은 정도의 크기이다.

파티마가 있는 자유영지 헤르마에서 수도 맥마혼까지 직선거리가 3,000km이니 얼마나 큰 땅인지 충분히 짐작될 것이다. 왕국이라 하기엔 너무 광활하다. 하여 제국이라 칭하는 것이 마땅할 것이다.

어쨌거나 로렌카 제국을 징치한 후 발생될 수 있는 유혈사태를 막으려면 현수가 황제가 되어야 한다.

누구도 범접할 수 없는 강력한 무력을 지닌 황제가 중앙집권체제를 굳히면 서로 땅덩어리를 뺏으려는 욕심을 못 부리기 때문이다.

반 로렌카 전선 소속과 일반 백성들은 지난 300여 년간 로렌카 제국으로부터 모진 핍박과 설움을 받으며 살아왔다.

흑마법사들에게 있어 일반 백성들은 가렴주구의 대상일 뿐이고, 욕정을 배설하는 존재였다. 게다가 젊은 여인이나 아이들은 식재료이기도 했다.

이런 불쌍한 삶을 살았는데 그냥 놔두면 땅덩이 때문에 상잔할 것이고, 박멸되지 않은 로렌카 제국의 잔당에 의해 다시금 지배당하는 일이 빚어질 수 있다.

문제는 그 잔당이 흑마법사라는 것이다.

세상 모든 백마법사의 수장인 현수 입장에선 반드시 뿌리를 뽑아야 할 존재들이다. 그렇기에 원치는 않았지만 마인트 대륙에 이실리프 제국을 세우기로 마음먹었다.

그렇기에 헤럴드를 신하로 받아들인 것이다.

"할 수 없지."

현수는 이실리프 제국을 건설하기로 마음을 확정했다.

"그나저나 여길 다스리려면 신경 많이 써야겠군."

언어와 풍습이 다른 민족들이 화합하도록 하려면 채찍과 당근이 조화를 이뤄야 하기 때문이다.

"내가 오래 사는 게 어쩌면 다행인지도 몰라."

현수의 수명은 1,467년 정도 남아 있다.

황제가 되어 1,000년 이상 일관성 있는 개혁과 개발을 추진하면 조만간 지구와 비슷한 사회 형태가 갖춰질 수 있을 것이다.

지구는 45억 년 전 빅뱅의 결과물이다.

그리고 최초의 인류는 300만~150만 년 전에 출현한 오스트랄로피테쿠스(Australopithecus)이다.

세월이 흘러 현재는 A.D[18] 2018년이다.

한동안 인류의 발전 속도는 매우 느렸다.

수메르족이 사용하던 통나무 바퀴는 그 형태 그대로 아주 오랜 기간 동안 사용되었다. 그러다 1882년에 윌리엄 던롭이라는 사람에 의해 타이어로 발전되었다. 그리고 최근 100년간의 발전은 인류의 역사 전체의 발전보다 더 빨랐다.

현대인의 사고방식을 가진 현수가 황제가 되면 적어도 100년 이내에 현대에 가까운 사회구조를 갖게 될 것이다.

---

18) AD(Anno Domini) : 라틴어로 '그리스도의 해'라는 뜻. 기원후라는 의미로, 그리스도 기원후 …년이라고 할 때 사용한다.

이성계가 건국한 조선을 그대로 계승한 대한제국은 1910년 8월에 역사의 뒤안길로 사라졌다.

　이때까지만 해도 양반과 상놈의 신분은 확실하게 구분되었다. 그로부터 108년이 흐른 현재 대한민국에서 양반은 특정 계층을 칭하는 어휘가 아니다.

　현수는 이런 저런 생각을 하며 적당한 곳으로 이동했다. 그리곤 곧장 아르센 대륙으로 장거리 텔레포트를 시도했다.

　바세른 산맥의 드래곤 로드를 예방한 후엔 곧바로 라수스 협곡으로 향했다.

*　　*　　*

　"휴우~! 조금 쉬어가는 느낌이군."

　북한으로 차원이동한 현수는 시원한 물로 샤워부터 했다. 지난 며칠 간 정신없이 바빴던 때문이다.

　젖은 머리칼을 말리며 나오는데 노크 소리가 들린다.

　똑, 똑, 똑ㅡ!

　"누구……?"

　문이 열리자 설화가 들어선다.

　"어라? 안에 계셨어요? 방에 안 계신 줄 알았어요."

　"그랬어? 조금 피곤했나 보네."

"보고할 게 있어서 문을 여러 번 두드렸는데 반응이 없어서 어디 산책이라도 가신 줄 알았어요. 여기요."

설화가 내민 파일을 연 현수는 눈을 크게 뜬다.

오늘 아침, 대한민국 대통령 권한대행 정순목은 예고 없던 대국민 담화문을 발표했다.

현수가 보고 있는 것은 인터넷에 올려진 속보를 그대로 프린트한 것인데 다음과 같은 내용이다.

국민 여러분, 안녕하십니까?

대통령 권한대행 정순목입니다.

오늘은 2018년 8월 15일, 광복 73주년인 날입니다.

73년 전의 오늘은 일제의 무자비한 탄압에 신음하던 우리 민족에게 기쁨이 찾아온 날이었습니다.

그런데 불행히도 오늘은 그러하지 않습니다.

한일전 이후 계엄사령부는 면밀한 조사를 통해 국가 반역 행위자들에 대한 조사를 하였습니다.

그 결과, 한마음당 사무총장 박인재 의원과 원내 대표 홍신표 의원을 비롯한 현역 국회의원 49명이 친일 행위자임을 확인하였습니다.

이들 이외에도 전직 국회의원 중 398명 또한 재직 중 반역 행위를 한 것으로 확인되었습니다.

이들은 현재 전원 체포된 상태이며, 계엄사령부가 모종의 장소로 압송하여 엄중히 사실 확인을 하고 있습니다.

이들뿐만이 아닙니다.

유사시 일본을 위해 요인 암살 및 납치, 그리고 유인과 포섭 등을 담당하기로 한 행동대원 4,113명에 관한 체포 작전이 진행되고 있습니다.

이들은 정치인, 언론인, 법관, 경찰, 군인, 기업인, 학자, 문예인 등 사회 전 분야에 퍼져 있습니다.

국회는 국가의 안녕과 존속, 그리고 국민의 안전과 권익을 수호하는 헌법기관입니다.

그런데 이렇듯 친일파에 의해 장악된 국회를 어찌 신뢰할 수 있겠습니까? 하여 국가가 비상사태에 놓인 지금 대통령 권한대행으로서 '국회해산'을 선언하는 바입니다.

오늘 이후 전, 현직 국회의원 전원에 대한 재조사가 실시될 것이며, 사회 각 분야에 포진되어 있는 친일파들에 대한 색출 작업이 진행될 예정입니다.

친일인명사전에 등재되어 있는 친일파에 대한 재조사가 이루어질 것이며, 국민들의 제보를 받아 추가 조사 또한 실시하겠습니다.

일련의 과정이 진행되는 동안 사회가 다소 혼란스럽다 생각할 수도 있습니다. 국민 여러분이 예상치 못한 인사가 친일행위자라는 것이 밝혀질 것이기 때문입니다.

그렇더라도 국민 여러분께서는 정부의 의지를 믿어주시길 바랍니다. 반드시 친일파를 뿌리 뽑을 것이며, 그들에게 가할 수 있는 최고의 징벌을 가할 예정입니다.

친일행위로 얻은 모든 재산은 국가에 귀속될 것이며, 친일행위자들은 모든 사회적 지위를 잃도록 하겠습니다.

아울러 그간의 죄를 물어 법으로 취할 수 있는 가장 강력한 처벌을 하겠습니다.

이에 반하여, 독립운동에 헌신하신 분들에 대한 처우 개선을 약속드립니다.

국가가 위기에 처했을 때 목숨을 걸고 나섰던 분들에게 합당한 보상과 위로를 하지 않으면 나중에 같은 일이 생겼을 때 누가 국가를 위해 일어설 것인지 다시 한 번 생각해 볼 때입니다.

감사합니다.

2018년 8월 15일
―대통령 권한대행 정순목

"흐으음!"

대통령 권한대행의 대국민 담화문을 읽은 현수는 살짝 소름이 돋았다. 뼈가 시릴 정도로 차가운 물로 샤워한 듯 속 시원한 기분이 든 때문이다.

하는 일 없이 분란만 조장하고, 사회 불평등을 가속화시켰으며, 부정부패와 부당한 권력 행사, 그리고 정쟁만 일삼던 국회의 존재가 드디어 지워졌다.

이제 새로운 형태의 국회가 만들어질 때가 되었다. 하여 현수는 얼른 다이어리를 꺼내 몇 가지 사항을 메모했다.

법을 제정해야 할 국회가 사라진 지금 국회법을 개정하는 유일한 방법은 국민투표뿐이다.

이것에 대한 몇 가지 사항을 메모한 것이다.

가장 먼저 정당 설립이 불허되어야 한다.

조선시대 때 정쟁을 일삼던 노론, 소론, 남인, 북인, 벽파, 시파, 동인, 서인이 어떤 짓을 했는지 살펴보면 알 수 있다.

당쟁이 있어야 잘못된 정책을 성숙하게 고칠 수 있다는 것에는 동의한다. 그런데 아쉽게도 한민족의 피에는 아무리 좋은 걸 줘도 그걸 나쁘게 만드는 DNA가 있다.

예를 들어, 멀티-레벨 마케팅(Multi-level marketing)을 꼽을 수 있다.

A라는 회사에서 B라는 상품을 만들었다.

이를 C라는 광고회사에 광고를 의뢰하면 D라는 유명인을 내세워 광고를 제작한다.

이를 본 일반 대중인 E나 F는 그것을 돈 주고 구입한다.

이 과정에서 광고회사 C와 유명인 D가 돈을 번다. 물론 물건을 생산해서 판매하는 A도 번다. E나 F는 광고비가 없는 가격에 사고 싶어도 그럴 수 없다.

멀티-레벨 마케팅은 이렇듯 중간에서 돈을 버는 C나 D를 배제하고자 하는 판매 기법이다.

A가 만든 상품을 E가 구입해서 그것을 써본 후 상품의 질이 만족스럽다면 F에게 권유한다.

F가 이를 받아들여 상품을 구입하게 되면 A는 지출했어야 할 광고비 가운데 일정 부분을 E에게 준다.

F가 G에게 소개하여 판매가 이루어질 경우 F에게도 같은 돈을 준다. 그와 동시에 이런 판매가 이루질 수 있도록 최초로 소개를 한 E에게도 '당신 덕에 판매가 늘어서 고맙습니다' 라는 의미에서 소개비를 주는 것이 바로 멀티-레벨 마케팅의 기본 개념이다.

소비자인 대중 입장에선 질 좋은 상품을 소개받아 사용하는 이득이 있고, 이를 다른 이에게 소개했을 경우 소개비를 받는 추가적인 이득이 발생된다.

이때 중요한 점은 바로 '상품의 질' 이다. 상품이 만족스럽지 않으면 권유자가 욕을 먹는 시스템인 때문이다.

이러한 멀티-레벨 마케팅은 1980년대에 한국에 상륙했다. 그리고 얼마 지나지 않아 '피라미드' 라는 명칭으로 바뀌었다.

회사에서 정한 고가의 상품을 정해진 숫자만큼 판매를 하면 그다음부터는 손 하나 까딱하지 않아도 앉은자리에서 떼돈을 벌 수 있다는 것이다.

　이 소문을 들은 수많은 사람들이 돈에 욕심을 내다 고랑에 빠져서 시름하고 있다.

　'상품의 질' 과 관련 없이 '고가의 제품' 을 누군가에게 소개하면 '많은 돈' 을 받을 수 있다는 사탕발림에 속은 것이다.

　이 때문에 많은 이가 세월을 버렸고, 돈을 잃었으며, 가족과 친지, 그리고 친구를 잃었다.

　젊은이들은 떼돈을 벌 수 있다는 헛된 욕심으로 자기 계발을 할 시간을 잃었고, 취업의 기회마저 놓쳤다.

　소비자에게 좋은 제품을 소개해 주고, 광고비 대신 소정의 소개비를 받는다는 원래의 취지는 완전히 사라졌다.

　'멀티—레벨 마케팅' 이 '피라미드' 라는 명칭으로 바뀌는 순간 좋은 의미는 모두 사라지고 오로지 돈에 환장하는 의미만 남은 것이다.

　이렇듯 현재와 같이 정당 설립이 존속될 경우 좋은 의미는 사라지고 이전투구 같은 꼴불견인 싸움, 그리고 적당히 갈라먹기 같은 불합리한 일만 보게 될 것이다.

　정당 설립을 불허한 후엔 국회의원 수를 50명으로 줄여야 한다. 300명이나 있을 필요가 없기 때문이다.

이들 각각은 국민 100만 명의 뜻을 대리하는 헌법기관이다. 특정 정당에 소속된다면 헌법기관이 동등한 헌법기관의 지시를 받아 표결에 임하는 불합리한 일이 발생된다.

그리고 공천권이라는 것이 생겨 모리배들이나 할 법한 밀실정치를 할 수밖에 없다.

국회의원의 숫자를 줄이는 한편 200가지가 넘는 특혜 역시 대부분 거둬들여야 한다.

예를 들어, 대한민국은 3개월 이상 의원직은 유지할 경우 평생 동안 연금을 지급받도록 되어 있다.

의원 당선 이후 강간이나 강도 같은 짓으로 직을 상실해도 준다. 참고로, 스웨덴은 12년 이상 의원직에 있어야 받을 수 있다.

불체포특권도 없애야 한다. 지은 죄가 있다면 다른 국민들과 똑같이 조사받고, 처벌받는 것이 옳다.

이를 악용한 자는 나중에라도 사실이 밝혀질 경우 억울하게 당한 것의 10배를 감당하도록 하면 된다.

예를 들어, 어느 A라는 국회의원이 B에 의해 무고되어 10년 징역형을 살았다.

100년 후라도 억울함이 밝혀지면 B 본인은 물론이고 직계 가족 전부의 재산을 몰수하여 A의 가족에게 주고, B가 생존해 있는 경우엔 100년 형에 처한다.

국회의원에 입후보하는 자격 또한 엄격해져야 한다.

납세의 의무, 교육의 의무, 그리고 국방의 의무를 성실히 이행치 않은 자에게 어찌 국정을 맡기겠는가!

그리고 범죄를 저질러 법의 심판을 받은 전과자에게 어찌 국가의 중대사를 의논할 자격을 주겠는가!

특별한 사유가 있어 군복무를 할 수 없었던 자는 그에 갈음하는 봉사활동을 요구한다.

현재 육군의 복무기간은 21개월이다.

수면, 휴식, 그리고 식사 시간 및 휴가를 감안하여 5,000시간의 봉사기록이 있으면 입후보 가능하다.

장애인과 여성도 예외가 아니다.

다만 사설기관이나 종교단체에서의 봉사활동은 이 시간에 산입하지 않는다. 얼마든지 조작 가능한 때문이다.

전과자가 된 것이 억울하다 생각하는 자에겐 재심을 청구할 기회를 준다. 이를 통해 무죄가 선고되면 전과기록 말소와 동시에 적당한 보상이 이루어지고, 국회의원 입후보 자격이 부여된다.

재심 결과 이전의 처벌이 정당했다는 판결이 나올 경우 그것의 절반쯤 되는 형량을 선고받도록 하면 재심청구가 보다 신중해질 것이다.

다음은 국적이다. 외국 국적을 가졌던 자는 국회의원 입후보 자격이 없다. 다만 초등학교 1학년 이후 국내에 머물며, 교육의 의무, 국방의 의무, 납세의 의무를 모두 수행한 경우는 예외로 한다.

이처럼 국적을 중요시하는 이유는 국가의 중대사를 외국인에게 맡길 수는 없는 때문이다.

이는 공무원에도 해당된다.

예를 들어, 미국 시민권자가 대한민국의 국방장관을 맡았을 경우 미국과 전쟁이 벌어졌을 때 어떤 결정을 내릴지 알 수 없는 때문이다.

이에 앞서 '세비(歲費)'라는 어휘 자체를 국어사전에서 지워야 한다. 이는 법률 용어로 '국회의원이 매월 지급받는 수당 및 활동비'를 뜻한다.

국회의원도 대한민국 국민이다. 따라서 세비라는 말 대신 대다수 국민에게 적용되는 '월급', 또는 '급여'라는 어휘로 바꿔야 한다. 이는 국회의원들이 머릿속 깊이 박혀 있는 특권 의식을 지우기 위한 수단의 일환이다.

현수가 메모를 마치자 설화가 다시 하나의 파일을 내민다.

"이건 뭐야?"

"방금 전 임문택 계엄사령관이 대국민 담화문을 발표했어요. 이건 그 내용이에요."

"계엄사령관이 대국민 담화문을 발표했다고?"

파일을 받아 펼친 현수는 다시금 문장 속으로 빠져들었다.

존경하는 국민 여러분!

안녕하십니까? 계엄사령관 임문택입니다.

독도 인근 해역에서 있었던 해전은 우리의 통쾌한 승리로 막을 내렸지만, 대마도라 불리던 진도에선 우리 군이 상륙하여 작전을 수행하고 있습니다.

본시 우리의 땅이었기에 이번 기회에 영구히 우리 영토로 복속시키고자 작전 중에 있습니다. 조만간 좋은 결과가 있을 것이며 그때 다시 국민들께 보고드리겠습니다.

국민 여러분!

우리는 현재 격동의 세월을 보내고 있습니다. 일본과의 전쟁을 발판 삼아 더 나은 대한민국이 되도록 나아가야 합니다.

그런데 우리 사회엔 결코 바람직하지 않은 일들이 벌어져 사회 발전의 발목을 잡고 있습니다.

고리 사채, 인신매매, 마약밀매, 무기 밀수, 폐수 무단 방류, 불량 식품 제조, 폭력단체 결성, 섬 노예, 성폭행, 학교폭력, 도박, 외국인 폭력단체 결성 등과 같은 것들입니다.

계엄군은 사회를 정화시켜 선량한 대다수가 행복하게 살 수 있도록 이들에 대한 대대적인 단속을 실시하고자 합니다.

누구든 신고할 사안이 있으면 주저하지 말고 가까운 경찰관서 혹은 군부대에 신고하여 주십시오.

동네 폭력이나 보복 운전 또한 처벌 대상입니다.

우리 계엄군은 신고 받는 즉시 출동하여 사실 확인 후 반드시 처벌할 것을 약속드립니다.

2018년 8월 15일
—계엄사령관 임문택

"흐음! 잘하는 일이군."

현수는 고개를 끄덕였다. 아주 마음에 들기 때문이다.

"이실리프 정보에서 계엄사령부에 이것과 관련한 정보를 제공했다고 해요."

"그래! 알아. 알아서 잘 처리하겠지. 그나저나 일본은 어때? 참, 이스라엘도!"

"TV를 보시는 게 제일 빨라요."

설화가 리모컨을 조작하자 뉴스 화면이 뜬다. CNN이다.

쿠아앙—! 콰콰콰콰쾅—!

굉음에 이어 화산재와 쇄설물이 허공으로 치솟아오른다. 화면 아래엔 시청자의 이해를 돕기 위한 자막이 뜬다.

규슈 중앙부에 위치한 아소산이 분화를 일으켰다. 높이 1,592m였던 이 산의 현재 높이는 311m에 불과하다.

엄청난 분화로 폭삭 주저앉은 것이다.

분화하는 장면을 배경으로 아나운서의 설명이 이어진다.

"일본 전역에서 발생된 이번 분화로 모든 발전소가 멈춰 섰습니다. 당연히 전기, 전화, 인터넷의 사용이 불가능한 상태입니다. 일본은 1800년대 이전으로 후퇴했습니다."

화면은 어젯밤 깜깜했던 시가지의 모습을 보여준다.

"거의 모든 도로가 파괴 또는 사용 불가능해졌으며, 열차 또한 전부 멈췄습니다. 농지들은 화산재로 덮여 당분간 영농이 불가능한 상태입니다."

멈춰선 열차와 자동차들, 그리고 화산재가 눈처럼 펄펄 날리며 쏟아지는 장면이 차례로 화면에 잡힌다.

누가 봐도 세계 일류를 꿈꾸던 일본은 망했다.

하지만 현수는 불쌍하다든지 애처롭다는 표정을 짓지 않는다. 자업자득이라 생각하는 때문이다.

"그러게, 있을 때 잘하지!"

『전능의 팔찌』 52권에 계속…

초대형 24시 만화방

신간 100%, 샤워실, 흡연실, 수면실(침대석), 커플석, 세탁기 완비

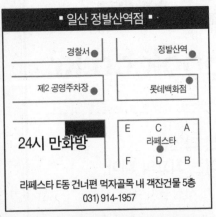
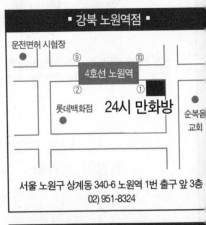
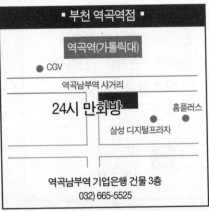
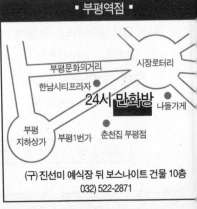

PERFECT GAME
박선우 장편 소설
FUSION FANTASTIC STORY
퍼펙트 게임
고통과 좌절의 시간들을 뛰어넘어
불사조처럼 일어나 세계를 제패한 사나이의 일대기.
대한민국을 넘어 메이저리그를 평정하며
명예의 전당에 헌정된 언터처블 투수, 이강찬.
강철 같은 어깨에서 뿜어져 나오는 그의 패스트볼은
무적이었으며 야구계에 길이 남을 신화였다.
야구만을 사랑했던 고독한 사나이.
그의 퍼펙트게임이 이제 시작된다!
Book Publishing CHUNGEORAM
www.chungeoram.com

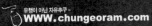

가프 장편 소설

관상왕의
1번룸

FUSION FANTASTIC STORY

거대한 도시의 그늘에서 벌어지는
짜릿하고 통쾌한 이야기!

『관상왕의 1번룸』

텐프로의 진상 처리 담당, 홍 부장.
절망적인 삶의 끝에서 만난 남국의 바다는
그를 새로운 인생으로 인도하는데…….

쾌락을 원하는 거부, 성공에 목마른 사업가,
그리고 실패로 절망한 사람들이여.

여기, 관상왕의 1번룸으로 오라!

Book Publishing CHUNGEORAM

유행이 아닌 자유추구 -
www.chungeoram.com